Maisey Yates

DESEJO PROFUNDO

Tradução
Vera Vasconcellos

HARLEQUIN®

2017

Título original: THE PRINCE'S PREGNANT MISTRESS

Originalmente publicado em 2016 por Mills & Boon Modern Romance

Publisher: Omar de Souza
Gerente editorial: Livia Rosa
Assistente editorial: Tábata Mendes
Editora: Juliana Nóvoa
Estagiária: Caroline Netto

Arte-final de capa:
Isabelle Paiva

Editoração Eletrônica:
ABREU'S SYSTEM

Impressão:
RR DONNELLEY
www.rrdonnelley.com.br

Distribuição para bancas de jornais e revistas de todo o Brasil:
Dinap Ltda. – Distribuidora Nacional de Publicações
Rua Dr. Kenkiti Shimomoto, nº 1678
CEP 06045-390 – Osasco – SP

Editora HR Ltda.
Rua Nova Jerusalém, 345
Bonsucesso, Rio de Janeiro, RJ – 21042-235

Contato:
virginia.rivera@harlequinbooks.com.br

– Não será necessário lhe enviar os cheques mensais da pensão alimentícia e também não precisaremos discutir sobre a possibilidade de esta criança ser criada aqui, porque vocês dois irão para Santa Firenze.

– Pensei que eu não era digna de ser levada para o seu principado.

E não era. Até mesmo agora, enquanto a fitava, invadido por uma intensa sensação de posse. Levá-la com ele, fazê-la sua, parecia a opção óbvia.

Mas aquela resolução o fez parar para pensar. Um regente tinha de agir com frieza e sensatez e não sob o afã do desejo. O que o pai faria em seu lugar? Mas o pai nunca seria tolo a ponto de se envolver em uma situação como aquela. Raphael viu-se forçado a avaliar suas opções. Levar uma mulher como aquela para Santa Firenze, que ele mesmo reconhecia ser inadequada para seu principado... era impensável.

Por outro lado, a honra e o dever eram prioritários, não importava o que Bailey o fizesse sentir. Seu dever era com o filho.

– Isso foi antes de saber que estava esperando um filho meu. – Raphael deu um passo na direção dela, a palavra "minha" reverberando em sua mente e lhe fazendo disparar o coração. – É óbvio que voltará comigo para o meu principado, mas não como minha amante. Bailey Harper, você será minha esposa.

Querida leitora,

Bailey Harper achou que estava vivendo um conto de fadas durante os oito meses de romance com Raphael DeSantis. Porém, não fazia ideia do quanto estava certa. Ela ficou arrasada quando Raphael disse que precisava voltar para seu país e se casar, mas não podia imaginar que ele era príncipe regente de Santa Firenze! Imagine sua surpresa ao ver as manchetes sobre o escandaloso fim do noivado de Raphael. Principalmente depois de descobrir que estava grávida de um herdeiro ao trono!

Boa leitura!
Equipe Editorial Harlequin Books

CAPÍTULO 1

Foi uma noite perfeita. Tão bela, com as luzes brancas de Natal enfeitando as fachadas dos prédios de Vail e se refletindo na neve ao redor. Como estrelas caídas do céu para iluminar o caminho dos dois.

Sim, a noite foi perfeita e Raphael mais ainda. Mas ele sempre conseguia se superar em perfeição.

Bailey custava a acreditar que era real, mesmo após oito meses de relacionamento. Raphael era como um personagem de conto de fadas e ela, uma garota que nunca imaginou ter um final feliz.

Mas isso foi antes de conhecê-lo.

Era verdade que só o encontrava em intervalos de alguns meses, quando ele viajava ao Colorado a negócios, e nunca por um período longo.

Durante toda a vida adulta, Bailey foi cautelosa em relação a relacionamentos amorosos. Mas com Raphael... aquela prudência nunca existiu.

Entregou-se a ele sem se preocupar em se proteger, sem pensar em nada além do fato de desejá-lo à loucura.

Com Raphael, era uma mulher diferente. Apaixonada.

Era tudo tão excitante quando ele estava presente. E aquela noite não foi exceção. Após o jantar, caminharam pela cidade, antes de retornar ao hotel, onde Raphael a deixou enlouquecida.

Bailey percebeu algo diferente nele, uma intensidade exacerbada na forma como fazia amor naquela noite.

Estirando-se sobre os lençóis, ela enroscou os dedos, ainda se recuperando do clímax alucinante. Com uma risadinha, rolou para o lado, olhando na direção do toalete.

A porta estava fechada e Bailey deixou escapar um suspiro profundo, aguardando, *impaciente*, que ele voltasse para a cama.

Aquela noite parecia diferente. Significante e especial.

Bailey o amava tanto que chegava a doer. Nunca imaginou sentir algo tão profundo por alguém e ser correspondida da mesma forma.

Encontrava-se preparada para dar o próximo passo. Para tudo.

A porta do toalete se abriu, fazendo o coração de Bailey perder uma batida. Era ridícula a forma como Raphael a deixava embevecida. Mas nunca havia permitido que um homem se aproximasse a ponto de ter aquele tipo de intimidade.

Pelo fato de trabalhar como garçonete, Bailey conhecia muitos homens e alguns chamavam sua atenção, mas nenhum nunca a afetou. Quando saiu da casa da mãe, aos 16 anos, encontrava-se desiludida com o sexo masculino. Presenciou muitas desilusões amorosas. Muitos gritos.

Decidiu gerir a própria vida e construir seu futuro. Chegou aos 21 anos virgem porque sempre esteve determinada a esperar o momento certo, quando estivesse preparada.

E então conheceu Raphael. Os amigos custavam a crer que ele existia e costumavam provocá-la com perguntas como “Raphael? Você está namorando uma Tartaruga Ninja?”.

Raphael nunca os conheceu porque sempre se encontrava exacerbado de trabalho toda vez que viajava ao Colorado. Além disso, Bailey o queria só para ela.

Sim, aquele homem a deixava deslumbrada e Bailey achava que sempre seria assim.

– Não deveria estar se vestindo? – perguntou ele.

Bailey franziu a testa diante da pergunta inesperada. Sempre passavam a noite juntos quando ele visitava a cidade.

– Pensei... bem... – Bailey escorregou uma das mãos pelas curvas do corpo nu. – Estou pronta para repetirmos, se quiser.

– Meu voo partirá mais cedo... pensei que havia lhe contado.

De repente, o semblante de Raphael tornou-se circunspecto. Ela detestava aquela circunspecção. Era como se roubasse todo o ar de seus pulmões e a fizesse sentir um medo que não sabia identificar.

– Não. Não contou – retrucou Bailey, forçando um sorriso. Não havia motivo para transformar aqueles últimos minutos juntos em algo desagradável. – Tem de voltar para a Itália?

– Sim – respondeu ele, começando a se vestir, ocultando aquele corpo deslumbrante. Os músculos definidos na medida certa se contraindo a cada movimento eficiente e fluido. – *Bailey...* – disse em um tom mais impaciente. Ela não conseguia se lembrar de um momento em que Raphael se mostrou irritado.

Com um suspiro profundo, Bailey ergueu-se da cama e caminhou na direção do vestido descartado, oscilando deliberadamente os quadris.

– Quando voltará?

– Não voltarei.

Bailey sentiu como se o chão tivesse sido arrancado de seus pés. Permaneceu congelada, pestanejando várias vezes, confusa, sentindo os dedos dormentes e um frio enorme invadi-la.

– O que quer dizer com isto?

– Conclui meus compromissos comerciais em Vail. Não terei mais reuniões de negócios aqui.

– Certo. Mas... eu estou aqui.

Uma risada fria e áspera reverberou no silêncio do quarto.

– Desculpe, *cara*, mas não é incentivo suficiente.

Bailey descobriu-se sem ação e se detestou por isso.

– Não estou entendendo. Acabamos de passar horas maravilhosas juntos... eu... não entendo.

– É um adeus. Você foi uma distração encantadora, mas nunca passou disso. Tenho uma vida na Itália e está mais do que na hora de retomá-la.

Bailey sentiu como se tivessem lhe desferido um soco no estômago.

– Uma vida? Você... é casado?

– Quase – retrucou ele em tom áspero. – Não posso mais me dar ao luxo de perder tempo com distrações.

– Você está noivo. Claro! – disse ela. As palavras escapando inadvertidamente da boca. – Aposto que... mora com ela. Como sou idiota! – Bailey cobriu a boca com a mão para suprimir um grito. A fúria gigantesca impedia-a de se importar com a humilhação. – Eu era... virgem e você sabia disso – disparou ela. – Eu disse a você que estava dando um passo importante! – Lágrimas de raiva se empoçaram nos olhos de Bailey e rolaram pelo rosto.

– E eu fiquei lisonjeado com o presente que me deu, *tesorina* – declarou ele, em tom frio. – Nosso relacionamento durou oito meses. Não foi um caso passageiro.

– Se um dos parceiros não está levando a sério – começou ela, deixando escapar um soluço que lhe sacudiu o corpo todo –, sabe que o relacionamento em breve vai acabar e está dormindo com outra pessoa, então é um caso passageiro! – gritou ela, abaixando-se, pegando um dos sapatos e o atirando na cabeça de Raphael.

Desviando-se com precisão, ele deixou um xingamento em italiano escapar pelos lábios.

Bailey abaixou-se mais uma vez, pegou o outro sapato e o arremessou também, acertando-o em cheio no peito. Raphael fechou a distância que os separava e a segurou pelos punhos.

– Basta! – Mas no mesmo instante a soltou. – Não faça uma cena deprimente. Não mais do que já fez.

– Você é quem deveria se sentir envergonhado – retrucou ela, com voz trêmula. Colocou o vestido pela cabeça e deu alguns passos para erguer os sapatos do chão. Não se deu ao trabalho de calçar a meia-calça de náilon, mas quem teria tempo para aquela futilidade, com o coração sendo arrancado do peito? – Foi você quem *mentiu* – grasniu, enquanto vestia o casaco, tentando ignorar o fato de que tremia tanto que chegava a tiritar os dentes.

– Nunca menti para você – protestou ele. Os olhos escuros faiscando. – Você criou uma história em que queria acreditar.

Com um gemido gutural, Bailey passou por ele na direção da porta o mais rápido que as pernas conseguiam levá-la. Sentia-se como uma prostituta, partindo do quarto do hotel, usando saltos altos e um vestido extraordinário que agora teria de jogar fora, porque ele o rasgara no afã do desejo no dia anterior.

Apenas quando saiu para o vento gelado que parecia a congelar foi que desmoronou. Ajoelhou-se sobre um monte de neve, soluçando até sentir a garganta doer.

Era como se sua vida tivesse terminado. E, no momento, não conseguia encontrar forças para se recuperar.

Três meses depois

Sinto muito, Bailey, mas não posso continuar com uma garçonete que dorme na cozinha no meio do turno de trabalho. Muito menos uma que engordou.

A voz do patrão reverberava na mente de Bailey durante o trajeto de volta para casa. A sensação que teve quando Raphael a deixou, três meses atrás, se provava a cada dia. Sua vida parecia ter de fato acabado.

Perdera tantas aulas que não tinha notas para se formar, fora despedida do emprego e se sentia tão nauseada e exausta que mal conseguia se importar com aqueles revezes.

Agora, teria de dizer a Samantha que não poderia pagar o aluguel. Bem, aquela seria a coroação das humilhações por que passou no último mês. No fim das contas, havia se tornado tudo que sempre desprezou na vida.

Quando saiu de casa, fez um discurso para a mãe afirmando que construiria uma vida melhor. Uma que não se basearia em homens e em uma tendência exacerbada em se fazer de vítima.

Deixou para trás uma vida de miséria, em que se sentia indesejada, e jurou construir algo melhor.

Desde muito nova, nunca se iludiu com os homens nem com o que eles diziam no intuito de levar uma mulher para a cama. Afinal, cansara de escutar os queixumes intermináveis da mãe sobre aquele tema a cada vez que um namorado terminava o relacionamento com ela. Bailey julgara-se imune àquele tipo de comportamento.

Mas a verdade era que apenas não havia conhecido o homem que viraria sua cabeça. Até surgir Raphael. E agora lá estava ela, solteira, desempregada e grávida. Aos 22 anos.

Acabou seguindo o ciclo vicioso que jurou não perpetuar. Virou estatística. Uma triste estatística, caminhando no frio enregelante do início de primavera, sem destino certo.

Bailey estacou, girando na direção do mercado do outro lado da rua. Precisava comer um doce, já que não podia beber vinho. *Droga de gravidez!*

Entrou no mercado e se encaminhou direto à ilha de doces, mas parou de modo abrupto quando os olhos pousaram em um tabloide periódico acima da prateleira de chocolates.

Aquele homem parecia muito... familiar.

"*Príncipe Raphael DeSantis é abandonado pela herdeira italiana Allegra Valenti pouco antes do casamento real!*"

– Que diabos...? – disse ela em um tom mais alto do que pretendia, chamando atenção dos clientes do mercado ao redor.

No mesmo instante, esticou o braço, pegou o jornal e o folheou com dedos trêmulos.

Raphael. *Príncipe* Raphael.

O artigo explorava o escândalo que abalava o principado de Santa Firenze, um ponto minúsculo no mapa Europeu, do qual Bailey nunca ouviu falar.

Era ele. Não havia como confundir. Com aquela aparência deslumbrante, que mais o assemelhava a um deus. O corpo magnífico... que era exibido no artigo, graças a algumas fotos dele na praia. Os ombros largos, o abdome com músculos definidos, os quadris retos...

– Oh, meu Deus! – Enfiando a mão na bolsa, Bailey retirou alguns trocados e os atirou no balcão. Em seguida, disparou para fora do mercado com a barra de chocolate, o tabloide e o corpo trêmulo.

Em que tipo de situação bizarra se metera? Que tipo de jogo era aquele?

Quando chegou ao apartamento, tinha a sensação de que devolveria todo o conteúdo do estômago ali mesmo, sobre o assoalho. O que não seria de se admirar a julgar pelos episódios de náusea recorrentes dos últimos meses. Manter a comida no estômago era uma tarefa sobre-humana, embora a cintura se expandisse cada vez mais. O que o ex-patrão deixara claro ter percebido, quando a demitira.

Sentia-se um bagaço. Tudo que desejava era se atirar na cama e dormir o resto do dia. Com muito esforço, encaminhou-se à sala de estar, onde Samantha estava sentada, parecendo perplexa.

– Sente-se bem? – perguntou Bailey.

– Você tem uma visita – disse a colega.

– Quem? – perguntou ela, imaginando se não seria algum policial com o aviso de uma multa de estacionamento para piorar ainda mais sua situação, ou o fisco para lhe cobrar impostos. Afinal, nos últimos meses nada de bom lhe acontecia.

– *Ele* está aqui – disse Samantha, pasma.

Apenas um homem seria capaz deixar uma mulher atordoada com sua simples presença.

Enquanto processava aquela informação, Bailey ouviu passos firmes se aproximarem e ergueu a cabeça para se deparar com os olhos escuros do príncipe Raphael DeSantis, que acabara de sair de seu quarto.

A figura imponente parecia tão fora do contexto naquele apartamento exíguo quanto um leão rodeado de gatos domésticos.

Em um gesto instintivo, Bailey cobriu o corpo com o casaco para ocultar seus novos contornos.

– O que faz aqui? – perguntou, percebendo que ainda segurava o tabloide que o estampava na capa. Ela baixou o olhar ao jornal e voltou a fitá-lo. – O que faz aqui? – repetiu.

– Voltei para lhe dizer que quero reatar nosso relacionamento – disse ele.

– Oh, pelo amor de Deus! – A exclamação foi de Samantha, que testemunhara os prantos de Bailey ao longo dos últimos meses.

– Faço minhas as palavras de Samantha – afirmou Bailey, cruzando os braços sob os seios.

– Podemos falar em particular? – Raphael dirigiu a pergunta a Samantha e, sem esperar por resposta, segurou Bailey pelo braço e a guiou para o quarto, fechando a porta em seguida.

E, por um instante, Bailey viu-se perdida naquele homem. Na força que dele emanava, na imponência que preenchia cada centímetro do quarto e quase a sufocava. Desejou se recostar ao peito forte e se libertar de toda a dor, medo e estresse que suportara nos últimos meses.

Queria apenas ser envolvida por aqueles braços fortes e esquecer de tudo mais.

No entanto seria impossível. Aquele homem era um... mentiroso. Em todos os aspectos imagináveis.

– Meu noivado foi desfeito – disse ele, como se Bailey não estivesse segurando o periódico que estampava uma reportagem sobre o assunto na primeira página. – Portanto, não vejo por que não podemos reatar nosso relacionamento.

– Nosso... relacionamento. Está se referindo àquele em que você vem me visitar a cada dois meses para fazer sexo?

– Bailey – começou ele, em um tom áspero que a fez desejar socá-lo. – Tenho uma vida complicada e certas expectativas a satisfazer...

– Está se referindo a isto? – Bailey girou o tabloide e o atirou na direção dele. – Você é um príncipe? Em que tipo de conto de fadas acabei caindo de paraquedas? Disse-me que era um representante farmacêutico.

– Não. Quem disse isso foi você – argumentou ele. – Não se lembra?

– Eu... – Bailey recordava-se com requintes de detalhes da noite em que o conhecera. A forma como seu mundo pareceu parar quando aqueles olhos escuros encontraram os dela. Como Raphael parecia deslocado no Sweater Bunnies, o restaurante decadente em que ela trabalhava, em que as garçonetes se vestiam com suéteres com decotes profundos, shorts curtos, meias reluzentes e saltos altos.

Raphael viera à cidade a negócios e o voo que o levaria de volta à Itália estava atrasado por causa do mau tempo. Os dois começaram a conversar. E, naquela noite, Bailey fizera algo inédito: fora para o hotel dele.

Não fizeram sexo na primeira noite, mas quando Raphael a beijou, a fez conhecer um novo significado para a palavra "desejo". Bailey sentiu todo o corpo queimar ao simples contato com aqueles lábios sensuais. Em um instante estavam conversando, e no outro Raphael se encontrava com ela na cama.

– Sou virgem – disse ela.

– Não faço questão que você seja – respondeu Raphael com voz rouca. As mãos fortes se enterrando no cabelo dela. – Não precisamos fazer este jogo, a não ser que lhe dê prazer.

– Não – protestou Bailey. – Estou dizendo a verdade. Sou virgem. Do tipo que nunca fez isto antes.

Raphael sentou-se na cama.

– Nunca?

– Nunca. Mas gosto de você. E... talvez, se amanhã o tempo estiver bom...

– Quer esperar, mas acha que amanhã estará preparada?

– Não sei.

– Esperaremos – disse ele, beijando o rosto de Bailey.

E não a dispensou no mesmo instante. Em vez disso, serviu-lhe um copo de refrigerante e continuaram a conversar.

Bailey não o fizera esperar por muito tempo. Na noite seguinte, permitiu que ele fosse o seu primeiro homem, com a mente repleta de fantasias de que seria o único.

Mas Raphael revelou-se um sapo, embora fosse de fato um príncipe.

– Claro que me lembro – disparou ela.

– Então deve se recordar de que me disse: "Você deve ser um representante de laboratório farmacêutico ou algo do tipo." E eu não a corrigi. Na verdade, tem de reconhecer que chegou sozinha à maioria das conclusões sobre mim.

– Então agora está tentando me convencer de que fui eu a culpada por tudo isto? E acha que este argumento me fará aceitá-lo de volta. Não como namorada, mas como a sua amante do Colorado... Diga-me, onde moram suas outras amantes?

– Nunca a considerei como tal – retrucou ele, em tom irritado. – Nunca.

– As ações falam por si. Tratou-me como tal. E ainda está me tratando como uma amante. Saia do meu apartamento, Vossa Alteza – disparou ela.

– Não tenho por hábito receber ordens. Antes, estava fazendo seu jogo, mas agora já sabe de tudo. Sou um príncipe, *cara mia*. E costumo ter o que desejo.

– Pois muito bem – disse ela, abrindo os braços. – Não pode ter isto.

Raphael pressionou uma das mãos na base da nuca de Bailey e a puxou para a frente.

– Não está sendo sincera.

– Oh, pode acreditar que estou. – Ela espalmou as mãos contra o peito musculoso na intenção de empurrá-lo... mas aquela sensação era tão familiar.

Seria tão fácil esquecer tudo que ele a fizera passar.

Raphael envolveu a cintura fina com um dos braços, pressionando o corpo delgado ao dele, e franziu a testa.

A expressão confusa a atirou de volta à realidade.

– Não me toque – sibilou Bailey entre dentes, aprumando a coluna e ajustando o casaco ao corpo.

Não queria que Raphael percebesse que ela estava grávida porque...

Não sabia o motivo. Resignou-se ao destino de mãe solteira porque Raphael iria se casar com outra mulher. E porque não respondeu à mensagem que lhe enviou dizendo que precisavam ter uma conversa.

Mas agora ele estava ali. E era um príncipe, danação!

O pai de Bailey não a criou. Ela e a mãe passaram por dificuldades financeiras. Raphael podia sustentar o filho que teriam e ela nunca mais passaria pela mesma situação.

Com o coração martelando as costelas, ela abriu o primeiro botão da capa.

– Não serei sua amante – disse, enquanto trabalhava nos outros botões, com voz trêmula. Em seguida, deixou o casaco cair no chão, revelando o abdome já abaulado sob o suéter apertado. – Mas quer queira ou não, você é o pai do bebê que estou esperando.

CAPÍTULO 2

Era raro o príncipe Raphael DeSantis se descobrir sem palavras. Mas também não era comum ser rejeitado.

O que lhe aconteceu duas vezes na última semana.

Se fosse um homem inseguro, seu ego estaria ferido. Mas ele era o príncipe herdeiro de Santa Firenze, nascido com o mundo aos seus pés e todos os privilégios. Um homem acostumado a ser venerado apenas por existir. Reverenciado desde que saiu do útero da mãe. Passou toda a vida mantendo a admiração que seu povo lhe dedicava.

E aquela garçonete teve a audácia de rejeitá-lo. E, em seguida, fizera uma revelação surpreendente.

– Tem certeza de que esse filho é meu? – Sabia que a pergunta suscitaria ainda mais rancor em Bailey, mas de repente sentia como se o mundo estivesse suspenso sobre sua cabeça. A mulher que o encarava como se fosse capaz de trucidá-lo, estava gerando o herdeiro ao trono de seu principado.

– Como ousa me fazer uma pergunta como esta?

– Estaria sendo negligente se não a fizesse – respondeu Raphael, tentando ignorar a dor refletida naqueles olhos azuis. A informação que ela acabou de lhe dar mudava tudo. Bailey foi uma distração inesperada e ele se deixou envolver. Adaptou-se de bom grado à ficção em que ela os envolveu. Ao papel de homem de negócios que visitava Vail a cada dois meses para compromissos de trabalho.

Bailey nunca deu sinais de que conhecia sua verdadeira identidade. O que não era de se admirar, já que para garantir a admiração de seu povo, ele sempre se manteve fora dos holofotes dos tabloides sensacionalistas. Exceto na última semana, graças à ex-noiva, Allegra.

Sabendo que não poderia continuar a se encontrar com Bailey às vésperas de seu casamento, colocou um ponto-final naquele relacionamento três meses atrás. Nunca tocou em Allegra e não a amava, porém teve a intenção de ser um marido fiel.

Mas quando o noivado chegou ao fim, o primeiro pensamento que lhe veio à mente foi retornar para os braços da amante.

Um escândalo o envolveu. A dissolução de um noivado real não era notícia insignificante e o tornou combustível para a imprensa marrom.

O pai, o falecido regente de Santa Firenze, desprezou a mídia e ensinou a Raphael que um líder não deveria servir de matéria-prima para manchetes sensacionalistas quando deveria estar focado em fazer parte da história.

Também o criou com mão de ferro. Não houve espaço para fraqueza na infância de Raphael, fato que, como adulto, ele agradecia. Os pais há muito tinham falecido e lhe deixaram como herança a regência do principado.

Na verdade, o casamento com Allegra era prova da implacabilidade de Raphael. A decisão de colocar de lado os desejos da carne em benefício de seu principado.

Por mais que desejasse Bailey, sabia que ela não ofereceria vantagens políticas para seu povo. Por outro lado, Allegra significava a aliança com uma das mais tradicionais famílias italianas e uma boa dose de influência na comunidade empresarial graças ao pai e ao irmão dela.

Bailey fazia seu sangue esquentar. Mas o tempo que passava com ela era algo fora da normalidade... separado de Santa Firenze. Que jamais poderia se dar ao luxo de levar para lá. O tipo de mulher que não estava à altura de seu status. Uma distração contra a qual o pai sempre o preveniu.

Mas Bailey estava esperando um herdeiro dele. Algo que não poderia ser ignorado.

Uma complicação que o pegou desprevenido.

– Sim, Vossa Idiotice Real, o bebê é seu. Já que foi você quem tirou minha virgindade, deveria saber.

– Há quase um ano. Muita coisa poderia ter acontecido desde que nos conhecemos. Eu não estava sempre aqui. E faz três meses que a deixei. Poderia ter buscado consolo em outro homem.

– Sim, tem sido uma orgia interminável desde que me dispensou. Pensei: por que não? Afinal, seu cetro real abriu caminho. Por que negar uma chance à plebe?

– Basta. Está sendo grosseira e isto não combina com você.

– Sim, combina perfeitamente. Como bem sabe, não sou o tipo de mulher digna de ser levada para o seu principado. É o que você *deve* pensar. Sou a garçonete que conheceu em um restaurante de quinta categoria. Portanto, esse comportamento é típico de alguém como eu.

Bailey fervilhava de raiva, como na noite em que ele pôs fim ao relacionamento dos dois. Quando *o atingiu* com um sapato. O tipo de reação que desejou suscitar na ocasião. Não podia arriscar que ela se sentisse tentada a procurá-lo, quando estava prestes a se casar e ter filhos.

Achou preferível fazer com que Bailey o odiasse a deixá-la sofrendo com uma desilusão amorosa. Mas se achava no direito a mudar de ideia, afinal, era um príncipe.

– Está esperando um filho meu – disse ele, baixando o olhar ao abdome levemente abaulado de Bailey. As curvas daquele corpo perfeito estavam agora mais abundantes. – Está com quantos meses?

– Quase quatro – respondeu ela. – Aconteceu um pouco antes de terminarmos. Mas só soube depois.

– Tentou entrar em contato comigo?

A pergunta pareceu irritá-la ainda mais.

– Sim, embora fosse difícil já que não conhecia sua verdadeira identidade. Eu lhe enviei uma mensagem de texto.

O único número que Bailey possuía era o do telefone que ele utilizava exclusivamente para falar com ela. Tomou cuidado para manter tudo que se relacionasse a Bailey separado de sua vida normal. Aquela relação clandestina se tornou algo excitante. Ter a chance de viajar ao Colorado e ficar com uma mulher que não esperava nada dele. Poder ser ele mesmo como em nenhum outro lugar.

Quando terminou o relacionamento com Bailey, resolveu se desfazer do telefone, cortando a tentação pela raiz.

– Não tenho mais aquele telefone – revelou.

– Uau! Quando termina com uma mulher, o faz sem deixar vestígios.

Raphael franziu a testa.

– Continua falando como se tivesse sido minha namorada. Ao meu ver, nunca tivemos esse tipo de relacionamento – mesmo enquanto proferia as palavras, percebia o quanto estava sendo injusto.

Costumava colocar as cartas na mesa desde o primeiro instante com todas as mulheres com quem se relacionava. Mas Bailey surgiu em sua vida de maneira inesperada. Ele estava visitando Vail para conhecer o resort de um amigo e avaliar se valeria a pena investir na expansão daquele negócio. Foi quando uma nevasca o impediu de voltar à Itália.

Nem mesmo um homem com seu poder era capaz de fazer cessar uma nevasca.

Resolveu vagar pela cidade. Entrou em um restaurante próximo ao hotel em que se hospedou e quase deu meia-volta e saiu ao perceber onde havia entrado. Foi quando a avistou. Apesar do ambiente decadente, o uniforme vulgar e da penumbra, Bailey se destacou.

No mesmo instante, uma única palavra veio à sua mente: minha.

Nunca houve nada que desejasse e não conseguisse ter. E, naquele momento, decidira que a garçonete atraente não seria exceção.

Quando Bailey tirou conclusões precipitadas sobre ele, Raphael a encorajou. E não fez questão de deixar claro que aquele relacionamento se limitaria ao âmbito da cama. Mas pelo fato de passarem apenas um fim de semana juntos a cada dois meses, julgou que não seria justo prendê-la dentro de um quarto o tempo todo.

Decidiu que fariam programas como qualquer casal comum. Raphael não tinha contatos em Vail, exceto o amigo, dono do resort. A imprensa não se interessaria pelo fato de ele viajar para aquele lugar.

Havia muitas vantagens em ser discreto.

– O que quero dizer – prosseguiu ele, optando por um tom mais suave – é que tenho amantes, não namoradas. Esse é o problema de ser um príncipe. Não posso ser visto em público com uma mulher, sem criar a expectativa de um compromisso. Apesar disso, não posso levar uma vida de monge.

– Você estava noivo – soaram as palavras carregadas de raiva.

– Allegra representava apenas uma união conveniente. Ela pertence a uma das mais importantes famílias italianas. A escolha sensata para um homem na minha posição. Não era minha amante.

– Bem, ao menos isso – retrucou Bailey. – Então, acho que devemos chegar a um acordo em relação à pensão da criança. Estou esperando um filho seu. Se quiser fazer um teste de paternidade, ótimo. Que assim seja. Eu o detestarei por isso, mas afinal, já o odeio.

– A que está se referindo? A uma pensão?

– Presumo que more em um castelo. E eu não gostaria de viver em um barraco.

– Então você quer uma pensão?

Raphael achava-a fascinante. Aquela mulher, que até então desconhecia sua verdadeira identidade, que era virgem quando se entregou a ele, estava apenas pedindo uma pensão para o filho que esperava. Não o ameaçava de ir à imprensa. Não exigia uma de suas propriedades ou joias da coroa.

Era óbvio que não entendia a situação em que se encontrava, não importava o que pensasse.

– Acho que não estou pedindo nada absurdo – argumentou ela. – Minha mãe era solteira e meu pai nunca nos ajudou. Não submeterei meu filho ou filha a uma vida como eu tive. Sou responsável por esta vida e você também.

– Sem dúvida tenho responsabilidades para com esta criança, mas acho que não tem noção de com o que está lidando.

– Estou lidando com uma gravidez inesperada e com a melhor forma de enfrentá-la. Quero garantir que você não viva coberto de luxos enquanto seu filho passa necessidades.

– Oh, não tenho nenhuma intenção de fazer meu filho passar necessidades. Mas se acha que o deixarei aqui no Colorado, sendo criado por você, não conhece o homem com quem se envolveu. – O rosto de Bailey tornou-se rubro, remoendo a raiva em silêncio pela primeira vez desde que ele a suscitara, três meses atrás. – Não enviarei cheques mensais para você, *cara*. Fim de discussão.

– O que quer dizer com não permitirá que eu crie meu filho no Colorado? Com que autoridade? Estamos na América do Norte! E pelo que sei, não deve ter cidadania americana.

– Tenho imunidade diplomática – disse ele. – E o desejo de preservar as relações com o meu país sem dúvida prevaleceria em qualquer tipo de ação que deseje impetrar. Quem daria a custódia de uma criança para uma garçonete do Sweater Bunnies quando existe um príncipe desejando criá-la para se tornar regente?

– Está pretendendo me tirar esta criança? – A voz de Bailey saiu em um grasnido. Os olhos azuis vasculhando o quarto, talvez à procura de uma arma.

– Acho que não será necessário chegarmos a esse ponto.

– Explique devagar o que pretende. Não estou conseguindo captar.

– Claro – retrucou Raphael. – Não será necessário lhe enviar os cheques mensais da pensão alimentícia e também não precisaremos discutir sobre a possibilidade de esta criança ser criada aqui, porque vocês dois irão para Santa Firenze.

– Pensei que eu não era digna de ser levada para o seu principado.

E não era. Até mesmo agora, enquanto a fitava, invadido por uma intensa sensação de posse. Levá-la com ele, fazê-la sua parecia a opção óbvia.

Mas aquela resolução o fez parar para pensar. Um regente tinha de agir com frieza e sensatez e não sob o afã do desejo.

O que o pai faria em seu lugar? Mas o pai nunca seria tolo a ponto de se envolver em uma situação como aquela.

Raphael viu-se forçado a avaliar suas opções. Levar uma mulher como aquela para Santa Firenze, que ele mesmo reconhecia ser inadequada para seu principado... era impensável.

Por outro lado, a honra e o dever eram prioritários, não importava o que Bailey o fizesse sentir. Seu dever era para com o filho.

– Isso foi antes de saber que estava esperando um filho meu. – Raphael deu um passo na direção dela, a palavra "minha" reverberando em sua mente e lhe fazendo disparar o coração. – É óbvio que voltará comigo para o meu principado, mas não como minha amante. Bailey Harper, você será minha esposa.

CAPÍTULO 3

– VOCÊ TEM um jato particular!

– Claro que tenho – retrucou Raphael, passando por ela para subir a escada da aeronave lustrosa.

– Estava com o jato particular na noite em que nos conhecemos?

Raphael brindou-a com um olhar impaciente.

– Não estava viajando de classe econômica.

– É que eu... – Bailey deixou a frase morrer. Não havia muito o que dizer. Raphael deixou claro que não era o homem que ela pensou que fosse quando lhe despedaçou o coração, revelando ter outra mulher em sua vida. Algumas pessoas considerariam uma sorte ter sido engravidada por um nobre, rico e poderoso. Mas enquanto fitava o avião, Bailey percebeu que não encarava aquele destino como uma benção. Não no momento.

Sentia-se diminuída e completamente deslocada.

Tentara argumentar com Raphael sobre o casamento e pretendia discutir o assunto em outra ocasião. Mas... o que lhe restaria? Ele foi claro sobre como poderia ganhar a custódia da criança e Bailey não queria perder seu bebê.

Afastando os pensamentos da mente, ela começou a subir a escada do jato, embora se sentisse cada vez mais diminuída. Não era ninguém. Apenas a garota de Nebrasca que fora viver no Colorado em busca do ar fresco das montanhas.

Uma menina pobre, criada pela mãe solteira em uma casa modesta e desgastada, construída nos anos 1920, com rachaduras nas paredes e no teto.

Bailey olhou ao redor da cabine, boquiaberta. Nunca viu algo tão suntuoso. Nunca imaginou um dia se encontrar em um ambiente como aquele que só conhecia por fotos em revistas e websites.

– Há quartos lá atrás – disse ele, gesticulando para além da área de estar e do bar nos fundos do avião. – E toaletes com chuveiro.

– Tem um chuveiro?

– Claro que sim – respondeu Raphael, como se fosse o óbvio e ela fosse insana em fazer uma pergunta como aquela.

– Está bem. Manterei isso em mente, caso necessite usá-lo.

Quando as portas do avião começaram a se fechar, o coração de Bailey disparou.

– Não precisamos ir para Itália com tanta pressa – disse ela. – Tenho de concluir meus estudos.

– Sim, foi o que disse durante seu discurso enquanto fazia as malas.

– Foi um discurso válido. Paguei caro para custear meus estudos e se não terminar este período não terei dinheiro para continuar.

Raphael sentou-se em um dos sofás de couro bege e esticou os braços sobre o encosto. Bailey descobriu-se imaginando como não havia percebido que ele era um nobre. Claro que nunca esteve na presença de ninguém de sangue azul, mas ele exalava realeza por todos os poros. Como pôde pensar que se travava de um homem normal?

Não conseguia pensar em nada. Desde que o viu seu mundo parou.

– Ora, *cara mia*, o custo com seus estudos será a menor de suas preocupações. Posso providenciar para que conclua a graduação à distância. Ou pode pedir transferência para uma das universidades de Santa Firenze. Claro que, nesse caso, suas aulas serão no palácio e não no campus.

– Por quê?

– Sua presença lá criaria comoção – respondeu ele, tamborilando os dedos no sofá. – Não costumo chamar atenção dos tabloides. O nome da minha família sempre foi reverenciado com discrição e respeito. Prezamos nosso título. Meu pai agia assim e eu levei adiante esse legado. A manchete que leu hoje foi uma exceção. Essa é uma das razões que a impediu de conhecer minha verdadeira identidade. Não gosto de atrair publicidade. Deixo essa tarefa para as celebridades. Eu sou o regente do meu principado. – Ele deixou escapar um suspiro pesado. – Não me agrada a situação em que me encontro, porque você... será um problema.

– Oh, é mesmo? Excelente. Quem sabe assim você desiste de se casar comigo.

– Sem chances. Está gerando um filho meu, *cara*. O direito de nascença desta criança é o que há de mais importante no mundo. E você deve se casar comigo para garanti-lo.

Bailey pestanejou várias vezes, confusa.

– Voltamos à Idade Média?

– Não, mas assim é em Santa Firenze. É o preço da realeza.

– Que bom que você é rico, porque parece um preço alto a pagar.

– Não tem ideia do quanto. Mas por ora, basta saber que não precisará mais se preocupar com seus estudos. Acabaram-se os problemas financeiros.

Bailey mal conseguia compreender aquelas palavras. Desde que experimentou a fome e o frio por falta de dinheiro para comprar alimentos e pagar a conta da luz, sua maior preocupação sempre foi o dinheiro. Ver aquele homem estalar os dedos e lhe dizer que esquecesse os problemas financeiros era... mais do que surreal.

– Não estou entendendo... nada.

– É simples – explicou Raphael enquanto o jato começava a taxiar na pista. – Sou um príncipe. Não posso ter um filho bastardo. Seria melhor ter desposado uma mulher com título de nobreza ou de linhagem importante, mas é você quem está esperando um filho meu. Isso significa que terei de me contentar com o que tenho.

– Tenho certeza de que ninguém nunca ouviu palavras tão lisonjeiras.

– Não se trata de lisonja e sim da realidade.

O jato levantou voo e Bailey sentiu um frio na barriga. A mais longa viagem de avião que fizera fora de Nebrasca ao Colorado. O pensamento lhe trouxe outra preocupação.

– Espere – disse ela, com o coração disparado diante da possibilidade de conseguir uma desculpa para não fazer a viagem. – Não tenho passaporte.

Raphael deixou escapar uma risada.

– Isso não é problema. Posso lhe providenciar um.

– Não até chegarmos ao seu principado.

– Onde sou o príncipe. Ninguém negará seu ingresso se eu o autorizar. Mas como por certo voltará de vez em quando aos Estados Unidos, providenciarei toda a documentação para você. Embora, estará sempre viajando comigo.

Aquele homem era enlouquecedor. Nada o detinha ou fazia hesitar. Estava comandando aquela situação com punho de aço e colocava por terra todo e qualquer argumento que ela apresentasse.

– Nada disso o abala? – perguntou ela por fim. – Disse que não gosta de atrair a atenção dos tabloides, mas com uma frieza a toda prova, enquanto eu sinto como se minha vida estivesse desmoronando. Como se estivesse participando de um *reality show* de terceira categoria.

– Está me insultando – respondeu ele em tom seco. – Estamos na primeira categoria.

– Está achando esta situação divertida? Sei que sua vida sempre foi fácil. Basta olhar para você para perceber. A riqueza e o privilégio de que desfruta. Trabalhei duro para conseguir tudo que tenho. O preço da água mineral que você bebe corresponde às minhas despesas de mercado de um mês.

– Pode ser, mas agora esta é a sua vida. A propósito, não se preocupe com a colega que dividia o apartamento com você. Providenciei para que ela recebesse o valor de vários meses de aluguel. Dessa forma, não ficará prejudicada.

– Que gentil de sua parte pensar nela – disse Bailey, sarcástica, embora gostasse de saber que Samantha ficaria bem. De repente, experimentou uma sensação estranha, como se estivesse flutuando. – Acho que não estou me sentindo bem – falou, afundando ainda mais na cadeira de frente para Raphael. As pernas parecendo trêmulas.

– Bailey – disse ele, com expressão preocupada. – Está conseguindo respirar?

– Não. – Ela recostou a cabeça para trás, sentindo-se zonza.

No segundo seguinte, Raphael se encontrava ao seu lado. As mãos longas emoldurando o rosto dela.

– Bailey – disse ele, parecendo alarmado. – Tente respirar.

A visão de Bailey tornou-se turva e, em seguida, escureceu...

Quando despertou, ela se sentia nauseada. Gotículas de suor lhe brotavam na testa e os dedos estavam gelados.

– O que aconteceu?

– Você desmaiou – respondeu Raphael com preocupação genuína, e ela imaginou se não seria apenas pelo bebê.

– Não me toque – disse ela. Rafael obedeceu, afastando as mãos de seu rosto. Bailey detestava o fato de o corpo ainda reagir àquele toque. Odiava não poder desfrutar mais daquele contato. E desprezava-se por se importar.

– Tem desmaiado com frequência?

– Não – respondeu Bailey, tentando não se ater a cada movimento que ele fazia enquanto cruzava a distância até o bar. – Acho que foi resultado de um dia estressante. Entrei em um mercado, e descobri que meu ex-namorado era um príncipe. E de repente me ocorreu que eu estava grávida de um nobre. Quando voltei para casa, encontrei esse príncipe me esperando. Depois, ele me arrastou para um jato particular, exigindo que eu me casasse com ele ou me privaria do meu próprio filho. Acho que estou sofrendo as consequências.

Raphael abriu uma garrafa de água gasosa e serviu um copo com movimentos precisos. Em seguida, retornou e o ofereceu a Bailey.

– Descobri que serei pai hoje e estou reagindo bem.

– Porque você é um robô – retrucou ela, tomando um gole da água borbulhante.

– Acho que pode atestar que sou um homem.

– Apenas algumas partes de você, outras não. Parece o Homem de Lata. Não tem coração.

– Amo meu principado – respondeu ele em tom frio. – E farei tudo que for necessário para preservar meu legado. Não há razão para entrar em pânico. Não há dúvidas de que devo me casar com a mãe do meu filho. Embora o fato de você ser quem é me cause algum transtorno, meu casamento estava marcado para o próximo mês. Pouco tempo depois, era esperado que minha esposa desse à luz um filho. Esse sempre foi o meu destino, portanto só mudou a mulher.

– Então... a mulher e a criança que ela espera são permutáveis para você?

– Uma esposa e um filho são requisitos necessários em minha vida – respondeu ele, em tom áspero. – Essenciais para a perpetuação da minha linhagem e do principado.

– Mas quanto à mulher...

– Deve ter boa linhagem, influência política e capacidade de engravidar. Você preencheu um dos requisitos. Acho que é inteligente o suficiente para saber qual.

Raphael proferia aquelas palavras com calma, como se não se importasse se estava se casando com ela ou com a morena sofisticada que estampava a capa do tabloide.

– Você é abominável. Como conseguiu me convencer, durante oito meses, de que tinha encontrado um príncipe encantado? Sem querer fazer trocadilho.

– Costumamos ver o que queremos. Você queria me ver como algo que eu não era. Naquele momento, parecia conveniente. Não finja que não lhe agradava namorar com um homem que não estava presente o tempo todo.

– Ou fui uma virgem idiota que finalmente encontrou um homem com quem queria ir para a cama e teve o raciocínio embotado pelos orgasmos.

As palavras de Bailey ficaram suspensas na atmosfera tensa e pesada. Ela se detestou por trazer à tona o prazer que desfrutaram juntos. Preferia ter esquecido, mas aquelas lembranças costumavam mantê-la acordada durante a noite e povoar seus sonhos quando conseguia dormir. Raphael a tocando, a beijando. E quando acordava, se encontrava sozinha, ansiando por aquele contato outra vez.

– Sinto muito se a fiz sofrer. Não era essa a minha intenção. Mas desde criança soube o que esperavam de mim e o tipo de mulher com quem deveria me casar.

– E essa mulher não sou eu.

– Não. – Raphael passou uma das mãos pelo cabelo. – Tenho de fazer as melhores escolhas em prol do meu principado. E um dia, meu filho fará o mesmo. Minha mãe fortalecia a posição do meu pai. Foi criada para ser esposa de um príncipe e sabia como se portar. Tem de entender que não estou sendo esnobe quando digo que você não é adequada.

– Eu... – Bailey oscilou de leve no acento. – Não sei o que dizer.

– É melhor descansar – disse ele, surpreendendo-a com a resposta. – Aterrissaremos próximo ao palácio e poderá se acomodar de maneira melhor.

De repente, Bailey sentiu-se tão cansada que mal conseguia sustentar a cabeça erguida. Não podia se tornar uma princesa. Era uma garçonete e garçonetes não se tornavam princesas.

– Acho que tem razão. Vou descansar.

Bailey caminhou na direção dos fundos do avião, entrou em um quarto e fechou a porta. O cômodo era maior do que seu quarto no Colorado. A cama ampla parecia projetada para muito mais do que apenas dormir. Aquilo era ridículo. *Ele* era ridículo. Aquela situação era ridícula.

Após retirar os sapatos, Bailey cruzou o quarto, atirou-se na cama, de bruços, e fechou os olhos tentando suprimir as lágrimas que ameaçavam rolar pelo rosto.

Tinha de estar sonhando. Na manhã seguinte, quando acordasse, tudo teria voltado ao normal. Ela estaria solteira, sozinha e grávida. O ex-namorado não passaria de um representante farmacêutico idiota da Itália que a abandonara. Não seria o regente de algum principado obscuro e ela não seria uma futura princesa.

A alternativa era inimaginável.

QUANDO DESEMBARCARAM em Santa Firenze, Raphael ordenou que o carro os esperasse diante da escada do jato. Estava preocupado com a saúde de Bailey. Ou, no mínimo, com a saúde do filho ainda não nascido.

A palidez que reconhecera no rosto de Bailey quando a viu no apartamento se intensificou durante a viagem. Após se recolher ao quarto, ela só saiu uma vez para usar o toalete, meia hora antes da aterrissagem.

Aquela mulher o confundia. Ela não se mostrava agradecida com a proposta de casamento. Nem encantada com a chance de ser uma princesa. Sua esposa. Uma posição de grande honra, que a maioria das mulheres mataria para conseguir.

Ainda assim, as duas que receberam a oferta, acabaram por rejeitá-la.

Allegra era um caso à parte.

– O carro está aguardando – disse ele do lado de fora da porta fechada do quarto.

Bailey surgiu, instantes depois, com o cabelo úmido, os olhos avermelhados, trajando uma blusa de moletom da universidade e uma calça *legging*.

– Vejo que decidiu tomar um banho – comentou ele.

– Não é sempre que se pode tomar um banho a trinta mil pés de altitude. Achei que se não o fizesse, não estaria de acordo com os altos padrões exigidos.

– Terá muitas oportunidades de repetir o feito. Mesmo que eu troque este jato por outro mais potente, ainda assim terá um chuveiro.

– Está presumindo que usarei seu jato no futuro.

– Claro, afinal se casará comigo. Fingir que não é ridículo. – Raphael segurou-a pelo cotovelo e a guiou com cuidado pela escada do avião. – Agora, entre no carro.

– Só porque acha que não há outra opção, não significa que não exista outra opção.

Raphael limitou-se a gesticular para que ela entrasse no carro. Voltando-lhe um olhar furioso, Bailey obedeceu. Só quando se encontrava acomodado ao lado dela, foi que ele falou:

– Acho que não está entendendo. Sou o regente de Santa Firenze. Ninguém em minha família teve filhos bastardos ou se divorciou. Somos uma linhagem consagrada. Estou lhe oferecendo a chance de fazer parte dela. O fato de você ter me rejeitado é ultrajante de uma forma que sequer posso descrever.

– Oh, por favor – disse ela, recostando-se ao assento. – Descreva, se tiver tempo.

– O trajeto até o castelo é curto.

Bailey pestanejou várias vezes.

– Castelo?

– Que parte da palavra *príncipe* ainda não entendeu? Embora o italiano seja minha língua nativa, falo o inglês muito bem, mas você está fazendo com que eu questione minhas habilidades linguísticas.

– Oh, desculpe. Tenho certeza que suas habilidades linguísticas são fantásticas.

– Acho que não, porque você parece não entender nada do que lhe digo.

Não valia a pena continuar discutindo. Ela entenderia quando visse o castelo. A construção antiga era a joia de Santa Firenze. Localizada em meio aos Alpes, dava vista para um dos lagos mais profundos e azuis da Europa. E então Bailey entenderia o presente que estava recebendo.

À medida que o carro cruzava a estrada estreita e sinuosa, Bailey mudava constantemente de posição no assento e deixava escapar suspiros exasperados.

– Não está conseguindo disfarçar sua insatisfação – comentou Raphael.

– Fica me acusando de não o entender, mas você é que parece não ter percebido que não estou nem um pouco satisfeita com tudo isto.

– Estou lhe oferecendo um casamento, legitimidade para o seu filho e o fim de seus problemas financeiros.

– Quanto aos meus problemas financeiros, por que não pensou em me ajudar quando viu que eu me matava de trabalhar naquela lanchonete horrorosa para fazer a faculdade? Mas preferiu se apresentar como um representante de laboratório farmacêutico.

– Teria aceitado minha ajuda financeira?

Bailey empalideceu. Os lábios comprimidos em uma expressão obstinada.

– Sim.

– É uma péssima mentirosa. Não teria aceitado. Não do trabalhador Raphael. E parece gostar ainda menos do Raphael príncipe.

– Porque só conheci o Raphael príncipe quando ele estava terminando o relacionamento comigo à meia-noite de um dia que eu pensei que seria romântico. Antes de me atirar na rua, em um monte de neve.

– Queria que tudo ficasse claro entre nós, antes de terminarmos. Achei que seria melhor para ambos.

– Não tente me convencer de que perdeu sequer uma noite de sono por isso.

Perdeu. Bailey não tinha ideia de quantas. Amargou horas insones, desejando algo que apenas ela poderia lhe dar. Não sabia explicar o porquê, mas era como se aquela mulher o tivesse enfeitiçado desde o primeiro instante que seus olhos pousaram nela. Bailey afetava-o de uma forma que nenhuma outra conseguira.

Recordava-se com detalhes da primeira vez que ela se ajoelhou diante dele e fechou os lábios em torno de sua ereção. A forma como o saboreou, com movimentos tímidos da língua. Não foi a habilidade que ela demonstrou que o encantou e sim a sinceridade. A intensa dedicação a ele. Raphael sempre se achou no direito de ser objeto de veneração, mas recebida de maneira tão espontânea tinha muito mais valor.

Sim, perdera noites de sono. Não tinha vontade de tocar outra mulher, o que acabou sendo vantajoso, já que havia se proposto a não tocar em Allegra antes da noite de núpcias. Durante aquele tempo, tentou se entusiasmar pela mulher de quem estava noivo, mas não conseguiu. Allegra era uma linda morena de cabelo negro cacheado.

Mas tudo que desejava era a beleza pálida e loura de Bailey.

Sentiu-se ridículo por estar fantasiando com uma universitária chamada *Bailey*. Princesa Bailey.

Mas tinha de colocar a honra acima de tudo, mesmo que lhe exigisse um esforço sobre-humano. Um carvalho forte não se dobrava ao vento, assim como o regente de Santa Firenze.

Durante a infância, quando se machucava o pai não permitia que a mãe ou os criados o confortassem. Tinha de amargar a dor sozinho. O pai lhe dizia que era assim que um homem se fortalecia. Se pudesse superar um corte, seria capaz de fazer o mesmo com as feridas emocionais.

Quando cresceu, o pai disse que ele tinha o dever de controlar os desejos da carne também. Mesmo que um homem desejasse uma mulher à loucura, se aquele relacionamento oferecesse risco potencial ao principado, ele teria de esquecê-la.

O príncipe de Santa Firenze podia ter tudo que o coração desejasse. E por essa razão, precisava endurecer o coração, a alma e o senso de honra.

Raphael sabia que era um homem forte. Assim o fora durante toda a sua vida.

Até conhecer Bailey.

Sabia que *era* ridículo. Mas lá estavam eles e Bailey parecia se considerar em posição de jogar duro.

A limusine fez a última curva e, por fim, os portões do castelo assomaram diante deles, imponentes, ostentando o brasão da família logo acima. Como em um passe de mágica se abriram para dar passagem ao carro luxuoso, que cruzou o caminho ladeado de cercas vivas até alcançar o magnífico jardim diante do palácio.

Uma fonte enorme se destacava no centro, com uma estátua dourada no topo. Outras figuras em mármore encontravam-se ao redor, representando os grandes líderes do principado.

Quando desviou o olhar para Bailey, ficou satisfeito ao perceber que ela teve a decência de se mostrar impressionada. Os olhos azuis admiravam o castelo, com as laterais cobertas de hera e as bandeiras azuis e brancas tremulando ao sabor da brisa.

– Esta é a minha casa. – Raphael constatou o óbvio com uma pitada de dramaticidade. – E quando se tornar minha esposa, será sua também. Será o lar do nosso filho. Ainda acha que deveria criá-lo no apartamento que divide com sua amiga, no Colorado?

– Eu... não tinha ideia.

– Não tenho culpa se você não se interessa pelo noticiário internacional. Ou talvez eu seja o culpado por manter meu principado livre de problemas financeiros e dos conflitos que acontecem ao redor do mundo. Não somos alvo da mídia porque nossos cidadãos são felizes, nossos cofres estão abastecidos, não temos crises internas nem desastres naturais.

– O que é este lugar? Nárnia?

– Se fosse, um sopro faria com que as estátuas ganhassem vida. Mas estamos na vida real e são apenas de pedra.

– Que pena! Se fosse, tudo que eu teria a fazer era voltar para o armário e me ver livre de você.

Bailey era uma mulher rebelde e ele nunca lidou com rebeldia antes. Assim como o pai, Raphael fez de Santa Firenze sua vida. Nada nunca teve primazia sobre o principado. E por esse motivo, nenhum de seus súditos tinha motivo para se insurgir.

– Não quer se ver livre de mim – retrucou Raphael. Como seria possível? – Está resistindo porque tem ideia das consequências que deveria sofrer pelos seus pecados.

– Meus pecados?

– Sim – retrucou Raphael. – Seus pecados. Acha que deveria ser punida por ter se permitido engravidar. A pobre e triste mãe solteira, servindo mesas depois de ter sido abandonada pelo namorado. É um enredo muito tocante, mas não é esta a situação em que se encontra. Tem um homem disposto a assumir a responsabilidade. Mais que isso. Um príncipe. Dizer algo além de um enfático "sim" seria uma perda de tempo.

Bailey admirava o palácio com os olhos azuis arregalados e os lábios entreabertos. Ele se descobriu mesmerizado com a beleza daquele rosto delicado. Da mesma forma como na primeira vez que a viu. E agora ela estava grávida de um filho seu. Seria sua mulher.

Minha.

Raphael afastou a palavra para o fundo da mente. Aquele casamento não tinha nada a ver com desejo e sim com obrigação. Não existia nenhuma relação com o modo como Bailey o fazia se sentir, algo tão próximo da fraqueza.

– Venha – convidou ele, abrindo a porta e lhe estendendo a mão. – É melhor levá-la para o seu quarto.

CAPÍTULO 4

Bailey tentou não se mostrar tão deslumbrada enquanto entrava no palácio, mas não conseguia controlar o ritmo acelerado do coração. Nunca vira algo igual em toda a sua vida. Era como um cenário retirado de um filme de cinema.

No entanto, lá estava ela, trajando uma blusa velha de moletom e uma calça que já vira dias melhores.

Serventes vagavam pelo palácio, sem voltar o olhar a Raphael, como se qualquer contato não solicitado fosse desrespeitoso.

Também não a observavam. Na verdade, pareciam não a notar. Era como se ela fosse um pacote que ele trouxera após um dia de compras.

– É muito silencioso – disse ela. A voz reverberando nas paredes de mármore do saguão, embora falasse em tom baixo.

– Há muitas pessoas transitando pelo palácio o tempo todo, seria incômodo se todos decidissem conversar, certo?

– Então, existe uma... lei do silêncio?

– Não, mas meu pai treinou os empregados a não se fazerem notar ou escutar. E eu não mudei esse código de conduta, porque me é conveniente. – No entanto, ele não parecia se incomodar em se fazer ouvir, porque a voz grave se elevava no ambiente silencioso.

– Você é de fato uma figura grandiosa – disse Bailey, seguindo alguns passos atrás deles.

– Este é o meu palácio – retrucou ele, com um gesto amplo abarcando o interior do palácio. – Claro que sou uma figura grandiosa.

– Mas a nobreza moderna parece ter mudado. O príncipe Harry vive cumprimentando soldados e tudo mais.

– E sendo fotografado nu em hotéis de Las Vegas.

– Ambos sabemos que você também ficou nu. A diferença é que não havia ninguém por perto para fotografar. Aliás, eu deveria ter fotografado. Pense nas vantagens que eu poderia tirar.

Os olhos negros de Raphael se estreitaram.

– Vejo que, enfim, está considerando usar a mídia contra mim.

– Não é essa minha intenção. De que serviria? Para envergonhar a ambos? Para que no futuro nosso filho visse as fotos e ficasse sabendo do escândalo em que nos envolvemos? Ambos sabemos que se conseguisse desgraçá-lo, entregando os detalhes sórdidos de seu envolvimento com uma garçonete, no fim seria eu a ser chamada de vadia.

– É verdade, mas não me olhe deste jeito. Não governo o resto do mundo.

– Mas age como tal – rebateu ela, seguindo-o pela escadaria. – Onde está minha bagagem?

– Há pessoas cuidando de seus pertences, embora eu duvide que possa usá-los em sua nova posição.

Bailey pensou em sua estimada coleção de roupas, compradas à custa de muita barganha.

– Gosto das minhas roupas.

– Você terá outras, mais novas e melhores.

– Não entendo a razão disso tudo.

– A razão é que você será minha princesa. E deverá se apresentar como tal. Quando comunicarmos nosso casamento iminente, deverá estar na melhor das formas. Envergonhá-la não me trará benefício algum.

– Ainda bem – disse Bailey, sentindo um aperto no peito. – E o que será necessário fazer?

– Nunca viu nos filmes, os nobres parados na sacada, acenando para os súditos?

– Claro. Essa é uma cena clichê.

– Prepare-se para se tornar um clichê – respondeu ele, sem hesitar.

Bailey apressou o passo, tentando alcançá-lo.

– Não pode estar falando sério. Não faremos isso... eu não... Não pretende me apresentar para a nação inteira, certo?

– Não seja tola – retrucou Raphael, fazendo-a experimentar um alívio temporário. – Pretendo apresentá-la para o mundo todo.

O coração de Bailey voltou a martelar as costelas.

– Para o *mundo todo*? O mundo não se importará comigo. Sou apenas... Bailey Harper, de Nebrasca. E há dois dias, não passava de uma garçonete.

– Exatamente por isso o mundo se interessará por você – retrucou ele, impaciente. – Bem mais do que se interessariam por Allegra. Esmiuçarão toda a sua vida à procura de algum escândalo. Noticiarão que trabalhava em uma lanchonete de quinta categoria e que engravidou, antes de se casar. Trarão à tona os detalhes de sua infância, de seus pais e os usarão para depreciá-la. Por que esse é o papel da mídia.

– Você faz tudo parecer tão excitante – disse ela, sarcástica, tentando não soar apavorada.

– Estou dizendo a verdade – retrucou Raphael. – Por isso me esforcei para fazer tudo certo, mas não poderei impedir um escândalo.

– E se eu voltar para o Colorado? E se esquecermos que isso aconteceu?

Raphael estacou, girando-se para fitá-la, com olhar furioso.

– Não posso esquecer que isso aconteceu – rosnou. – *Nunca.*

– Mas você poderia se casar com uma mulher mais adequada. E fazer como no passado. Dar uma pensão à sua amante, fingir que seu filho bastardo não existe. Era assim que os homens faziam, certo?

– Mas não é *assim* que eu faço. Sou um homem capaz de arcar com as consequências dos meus erros.

– Oh – disse Bailey. – Excelente. Agora virei um erro. Sou a mulher mais sortuda do mundo.

– Quer perceba ou não, você é – respondeu ele. – Será a minha princesa. Acha essa condição degradante?

– Não. Degradante é alguém mentir para você sobre a própria identidade, mantê-la como seu pecadinho secreto, abandoná-la para se casar com alguém mais adequado e só a trazer para o seu principado porque ficou sabendo que ela está esperando um filho seu. Então, como pode esperar que eu me sinta lisonjeada? – disparou ela em tom áspero.

Bailey nem ao menos sabia por que estava tão furiosa. Afinal, não deveria se importar. Devia estar feliz por não ter de se preocupar com o futuro do filho que esperava, por não precisar servir mesas o resto da vida.

Mas não conseguia se sentir triunfante. Porque, na verdade, acabou seguindo o caminho que sempre abominou. A diferença é que havia engravidado de Raphael, em vez de um mecânico de carros que conheceu quando passava por uma cidade empoeirada do Centro-Oeste, como fez a mãe.

Teve apenas mais sorte e aquela realidade a impedia de se sentir vitoriosa. Ao contrário, deixava-a com a sensação de que fora uma idiota.

– Vamos pôr um fim a esta discussão – decretou ele em tom autoritário, girando em seguida para galgar o restante dos degraus.

Bailey seguiu-o a contragosto.

– Esta escada não tem fim?

Raphael não respondeu. Quando chegaram ao topo, um amplo corredor se estendia diante deles. As paredes repletas de obras de arte lembravam as de um museu.

– Seu quarto é este – disse ele, abrindo um conjunto de portas duplas azuis que revelaram uma antessala. O cômodo suntuoso se abria para uma suíte. A cama de proporções gigantescas ornada com almofadas parecia suficiente para acomodar um harém.

– Quantas pessoas dormirão nesta cama?

Raphael limitou-se a observá-la, fazendo-a corar.

– Eu não...

– Tem seu próprio toalete – disse ele, interrompendo-a. – E esta porta se conecta com o meu quarto, o que torna tudo mais conveniente para nós.

O coração de Bailey perdeu uma batida.

– Como se torna mais conveniente para nós?

– Seremos marido e mulher, *cara*. Há certas expectativas ligadas a essa condição.

Bailey pensou que a cabeça fosse explodir. A arrogância daquele homem não conhecia limites.

– Está pensando que vou dormir com você?

– Fez isso antes – respondeu ele, apontando para o abdome levemente abaulado de Bailey.

– Sim, quando pensei que estava lidando com um homem normal, que possuía um coração. Com quem eu talvez tivesse um futuro.

– Obviamente terá um futuro comigo. Vamos nos casar.

– Apenas porque sua noiva o dispensou no último minuto. – Bailey deu um passo na direção dele, fervilhando de raiva. – E porque estou esperando um filho seu. Se não tivesse terminado o noivado, nunca saberia que eu estava grávida, porque não se deu ao trabalho de responder minha mensagem de texto.

– Eu já lhe disse que me desfiz do telefone que usava para me comunicar com você.

Bailey pestanejou, surpresa.

– Eu era de fato seu pecadinho secreto, certo? E se as pessoas descobrissem sua relação comigo? Como teria sido *humilhante*. – Ela começou a rir e não conseguiu parar. Não havia nada de divertido naquela situação, mas para não se enroscar como um novelo de lã e cair em prantos, a opção era gargalhar. – Bem, agora todos saberão. Que ironia, não?

– Farei o possível para que seja o menos doloroso para nós dois.

– Você é um santo – disparou ela. – Mas se está pensando que vossa santidade tocará no meu corpo, está muito enganado.

– Não entendo por quê. Sentimos atração um pelo outro.

– Confiei em você – disse ela em tom baixo, repleto de tensão. – E veja o que me aconteceu. Não conheci meu pai – prosseguiu. – E estava determinada a não seguir o caminho da minha mãe. Queria tomar decisões mais acertadas. Em vez disso, eu o conheci. E você se encarregou de me fazer agir da mesma forma que ela. Não confio mais em você – afirmou agora com a voz trêmula. – Acho que nunca mais voltarei a confiar. Eu me casarei com você, porque não me resta outra opção. Quero este filho e não desejo acabar meus dias como garçonete. Não quero que esta criança sinta fome e frio. Por estas razões, eu me casarei com você, mas não serei sua mulher.

O semblante de Raphael se fechou.

– Espera que eu permaneça celibatário para o resto da vida?

– Não me importo com o que você fizer, desde que não seja comigo.

– Veremos – retrucou ele, em um tom que rivalizava com as geleiras do Ártico.

– Minha decisão está tomada e, a não ser que você seja canalha a ponto de tomar uma mulher à força, nunca mais me terá.

– Nunca tomei nenhuma mulher à força – sibilou ele entre dentes. – Muito menos você. Com "veremos" eu quis dizer que não confio em seu autocontrole, *cara*. Seria capaz de fazê-la suplicar por mim com um simples movimento da minha mão entre suas belas coxas.

Bailey ignorou o poço de desejo que se abriu dentro dela, tornando-a ciente do quanto se encontrava vazia e solitária. Do quanto o queria.

– Nunca – repetiu ela, empinando o queixo.

Sem dizer uma palavra, Raphael fechou a distância que os separava. Os olhos negros queimando nos dela. As mãos fortes se fechando em seus braços como duas tenazes. Não se parecia em nada com o homem que a visitava em Vail. Aquele era o príncipe. Autoritário, implacável e estonteante.

Talvez aquela fosse a prova do quanto ela era fraca, mas Bailey se descobriu fitando os olhos negros, o desejo a invadindo com a fúria de uma enxurrada, trazendo à vida todas as células do seu corpo.

Não importava que algumas horas atrás tivesse sentido como se fosse morrer. Não importava os trajes surrados que usava, o cabelo desgrenhado ou a falta de maquiagem. Nada tinha importância, além daquele momento, da forma como Raphael a segurava.

Antes que ela pudesse protestar ou mesmo considerar a possibilidade de fazê-lo, os lábios firmes colidiram com os dela.

O beijo era rude e possessivo, refletindo a forma como aquele homem reapareceu em sua vida, naquele dia. Apossando-se dela.

A princípio, Bailey deixou que os braços pendessem nas laterais do corpo, mas não conseguiu resistir por muito tempo. Colando-se ao corpo musculoso, agarrou-se ao tecido da camisa que ele usava, temendo despencar no chão se não o fizesse.

Três meses.

Há três meses não experimentava aquela sensação. Era muito melhor do que se lembrava.

Mas no segundo seguinte, Raphael a soltou.

– Como disse, veremos.

Em seguida, ele girou nos calcanhares e partiu, deixando-a parada no meio do quarto, sozinha com a vergonha e um desejo ardente que se recusava a abrandar não importava o quanto o cérebro e o coração tentassem suprimi-lo.

CAPÍTULO 5

NA MANHÃ seguinte, quando Bailey não apareceu para tomar o café da manhã, Raphael saiu à sua procura e se surpreendeu por não a encontrar no quarto. Bailey costumava dormir até tarde, quando passava as noites com ele, no hotel. Vagou pelos corredores, imaginando se ela não teria fugido e com que finalidade. Bailey deveria saber que não havia lugar na Terra em que ele não a encontrasse. Os *paparazzi* já a apontavam como sua amante. E começavam a imaginar se ela não teria sido o pivô do término do noivado real. Não era mais uma anônima.

Em seguida, lembrou-se que Bailey não possuía um passaporte e um sorriso lhe curvou os lábios. O máximo que conseguiria seria chegar à fronteira do principado. Não precisaria lançar mão de um aparato para encontrá-la.

Uma das empregadas passou apressada por ele, com o olhar baixo.

– Onde está Bailey? – perguntou Raphael.

A mulher estacou e ergueu o olhar, com expressão serena.

– A srta. Harper está tomando o café da manhã na biblioteca.

Tinha de reconhecer a eficiência da empregada por saber a quem ele se referia e estar de posse da informação desejada.

– Obrigado – respondeu Raphael. Em seguida, cruzou o corredor até a biblioteca. Bailey encontrava-se sentada em uma poltrona, com um livro nas mãos e se surpreendeu ao vê-lo.

– Como soube que eu estava aqui?

– Tenho funcionários.

– Sim, reparei. Trouxeram-me o café da manhã – disse ela, erguendo uma xícara. – São todos muito gentis. Talvez devesse conversar com eles em vez de ignorá-los até precisar deles.

– Não os ignoro. Meus empregados mantêm uma distância respeitosa, é só. Se eu parasse para conversar com cada um deles, ninguém teria tempo para trabalhar, inclusive eu. Sou um regente justo e um bom patrão.

– Uau! – disse ela. – Você é... completo.

– Foram muito gentis em ajudá-la a se esconder de mim, em minha própria casa.

– Não estou me escondendo. Mas esta propriedade é do tamanho de uma cidade pequena. Tenho a impressão de que precisarei tomar um táxi para percorrê-la.

– Dramática como sempre. Tomei a liberdade de providenciar um novo guarda-roupa para você.

Bailey pousou a xícara de chá.

– Fez isso... pessoalmente?

– Não seja ridícula.

– Certo. E se incomodar em me providenciar um guarda-roupa não é meio ridículo?

– Não há nada de ridículo em mim.

Bailey deixou escapar uma risada.

– Está brincando? – Ela se ergueu e se espreguiçou. O tecido fino da camiseta se colando aos seios fartos e ao leve abaulado do abdome. – Logo você, que estava mantendo um caso secreto com uma universitária do Colorado, mas que na verdade é um príncipe com um castelo e um complexo de superioridade que poderia ser sinal de algum tipo de insuficiência em sua... masculinidade.

– Bem, ambos sabemos que isso não é verdade.

– Não tenho parâmetros para compará-lo – retrucou ela, com um gesto negligente de mão.

– Ainda assim, conhece cada centímetro do meu corpo e sabe que não sou insuficiente.

Bailey corou, fazendo-o queimar por dentro.

– Esta é a opinião de um único homem – disse ela em tom malicioso.

– A única opinião que importa neste principado.

– Ridículo – resmungou ela.

– A coletiva de imprensa será hoje.

– O quê? – perguntou ela. – Ainda estou sob o... efeito do fuso horário.

– Não posso fazer nada quanto a isso. O casamento deverá ser realizado o mais breve possível.

– Mas não é necessário algum tempo para planejar um casamento? – A voz de Bailey soou trêmula e a frase foi dita em tom de pergunta.

– Não quando se tem riqueza e poder infinitos.

– Bem, está aí algo que desconheço.

Raphael franziu a testa.

– Temos de discutir sua remuneração mensal. Será generosa, claro.

– Eu... – Bailey pestanejou, confusa. – Não sei o que dizer quanto a isso.

– Necessitará de um cartão de crédito para quando quiser fazer compras, jantar com amigos.

– Está me oferecendo uma mesada, como aquelas que se dão para os filhos?

– Não – respondeu ele. – Estou lhe oferecendo um pouco de independência.

– Para gastar seu dinheiro. Ao menos uma quantia que você achar aceitável.

– Posso lhe dar um cartão de crédito ilimitado. Seu gasto não me preocupa. Você se revelou uma péssima oportunista. Sequer percebeu que se envolveu com um príncipe, não recorreu aos tabloides e, quando mencionei que lhe providenciei um guarda-roupa novo, quase me fulminou com o olhar.

Bailey pressionou os lábios, pensativa.

– Fulminar é uma palavra forte. Talvez *mutilar* fosse mais adequado.

– Ora, uma opção reconfortante. É melhor não expressar esses desejos diante do meu Serviço Secreto. Eles não os encararão com bom humor.

Bailey inclinou a cabeça para o lado.

– Onde eles ficavam quando você me visitava?

– Como lhe disse antes, procuro manter a discrição. Quando não quero ser reconhecido, visto-me de maneira informal e uso óculos escuros.

– O Clark Kent da realeza.

Raphael franziu a testa.

– O que disse?

– Ninguém reconhece que você é o Super-Homem quando está de óculos.

Raphael descobriu-se rindo, o que o surpreendeu. Aquele era o relacionamento que tinham antes. Bailey sempre encontrava uma forma de fazê-lo rir nos momentos mais inesperados. Raphael sempre pensou que ambos não teriam nada para conversar. Quando a viu pela primeira vez, o que o estimulou a querer conhecê-la foi a atração física. O desejo carnal.

Teve a intenção de levá-la para a cama, mas o que não esperava era passar horas conversando com Bailey, e adorando aqueles momentos.

Um homem na casa dos 30 anos, criado para ser o regente de um pequeno principado na Europa, não deveria ter nada em comum com uma estudante universitária americana, de 20 e poucos anos. E talvez não tivesse. Mas Bailey o intrigava, surpreendia. E Raphael gostava do que ela o fazia sentir.

Tanto melhor, já que Bailey seria sua esposa.

– Acho que sim – disse ele. – Nunca anunciei minha viagem aos Estados Unidos. Estava lá para visitar o resort de um amigo e avaliar se seria um bom investimento. Aquela noite, como sabe, houve uma nevasca que me impediu de voltar.

– E de todos os restaurantes próximos ao aeroporto, por que entrou no que eu trabalhava?

– Quase saí no mesmo instante em que entrei. Não percebi que tipo de estabelecimento era. Mas depois a vi.

Um rubor espalhou-se pelo rosto de Bailey.

– Minha presença o fez ficar?

– Eu a quis – disse ele com voz rouca. – Desde o primeiro instante em que a vi.

Raphael não sabia o que esperar. Na verdade, tinha de deixar de criar expectativas ao que se referia a Bailey. Ela agia de uma forma que contrariava a lógica. Mas não esperava vê-la franzir a testa.

– Soa como se estivesse falando de um relógio. Como se eu fosse um objeto que tivesse visto na vitrine de uma loja e desejado comprar. – Bailey não estava errada. Relógios, carros e mulheres não diferiam. Todos eram caros e às vezes criavam problemas. Mas ainda assim o atraíam. Não via em que aspecto a comparação podia ser ofensiva. – Pessoas não são objetos – prosseguiu ela em tom áspero, como se capaz de ler os pensamentos de Raphael.

– Talvez não. Mas as coisas têm um valor. Não é insultante como quer fazer parecer.

– Seu argumento é fraco.

– Tenho plena ciência de que pessoas não são objetos – retrucou ele. Embora a aquisição de objetos, favores ou afeição das mulheres se assemelhassem em seu ponto de vista. O que desejava, não demorava a conseguir.

– Duvido.

– Pode continuar duvidando. Mas temos de prepará-la para a coletiva de imprensa e só nos resta três horas. Providenciei alguém para cuidar de seu cabelo e maquiagem. Talvez o vestido tenha de ser ajustado. Seu corpo mudou um pouco desde que o vi nu pela última vez.

– Eu... isso tudo parece um tanto exagerado.

– Mas não é. Seu rosto estampará as capas das revistas e as primeiras páginas dos jornais do mundo todo.

Bailey retorceu os lábios.

– Está bem. Posso aceitar alguma ajuda.

– O que está acontecendo? – perguntou ele, sarcástico. – Bailey Harper se submetendo a uma condição?

– Por vaidade. Não por você. Não se acostume.

– Vejo-a em duas horas e espero que pareça uma princesa.

BAILEY PASSOU as duas horas que se seguiram sendo depilada, penteada e maquiada até conseguir uma aparência estonteante. Quando se olhou no espelho, viu-se admirada com o trabalho dos profissionais.

A única vez que alguém a maquiou foi quando cursava o ensino médio e entrou em uma loja de departamentos, onde as profissionais faziam demonstrações grátis.

Mas não se comparava em nada com a experiência atual. Mal conseguia reconhecer o reflexo que o espelho lhe devolvia. O azul dos olhos enfatizados pela sombra. Os lábios pintados em um tom rosa gracioso.

De alguma forma, a cabeleireira conseguiu domar seu cabelo em um coque lustroso e perfeito.

E o vestido... Era algo que ela nunca imaginara vestir. Um tom de rosa suave, coberto por uma espécie de rede, com apliques em contas de vidro que se concentravam na cintura e se dispersavam pelo corpete e a saia.

Bailey cintilava a cada movimento.

Até mesmo ela podia quase acreditar que era uma princesa.

A fantasia, o sonho capaz de fazer a alma criar asas e voar. Ou se esborrachar no chão se tudo desse errado.

Você não passa de um fardo. Um estorvo em minha vida há 16 anos. Não pense que sentirei saudades.

As palavras da mãe reverberaram nos ouvidos de Bailey, ofuscando o brilho do momento.

Não importa. Ela era uma princesa. Como poderia ser um fardo?

– Olhe para mim agora – disse ela.

Não sabia o que pensar de toda aquela situação, mas no momento se sentia bem.

Uma batida forte à porta do quarto a fez presumir que seria alguma assistente para levá-la a Raphael.

– Entre – disse Bailey, sem desviar o olhar do espelho.

A porta abriu-se e ela ergueu a cabeça para se deparar com os olhos negros de Raphael. O coração deu uma cambalhota no peito, antes de disparar.

– Está pronta – disse ele.

Bailey fitou-o através do espelho.

– Sim. Seu time de peritos é eficiente – comentou, percebendo uma labareda de fogo se acender nos olhos negros.

– Sim, são.

– Achei que iríamos nos encontrar em algum lugar.

– E vamos. Aqui.

Bailey não o queria ali, tão próximo à cama, fitando-a daquele jeito. Não queria se ver obrigada a reconhecer a própria fraqueza.

– Bem, estamos aqui – disse ela, sem sustentar o olhar de Raphael.

– Está faltando a parte mais importante do que necessitará hoje – comentou ele, dando um passo na direção dela.

Bailey girou, segurando a borda da cômoda.

– Sua aparência real?

– Não. – Raphael enfiou a mão no bolso interno do paletó e de lá retirou uma caixa de joias pequena.

Bailey sentiu o coração parar.

– O que está fazendo?

Raphael ergueu a tampa, revelando um diamante de corte quadrado em um anel fino também encravado de pedras. Embaixo brilhava outro anel. Bailey nunca vira um conjunto tão valioso de perto. Tudo em que conseguiu pensar foi em quantos meses de aluguel, de contas de telefone e mantimentos aquelas joias poderiam pagar.

– São suas. Claro que por ora só usará o anel de noivado – esclareceu ele, entregando-lhe a joia.

De repente, não era mais o valor que importava. O coração parecia espremido dentro do peito. Havia imaginado a cena em que Raphael a pediria em casamento, antes de ele a abandonar.

O anel em nada se assemelhava àquele e o cenário era diferente. Pensou que ele faria o pedido, naquela noite, em Vail, após fazerem amor.

Em sua fantasia, Raphael se ajoelhava e dizia que não era capaz de viver sem ela.

Mas ali estava Bailey, em um castelo, trajando o mais belo dos vestidos, recebendo o mais extraordinário dos anéis. E ainda assim, aquele momento empalidecia perto da fantasia modesta que nutrira de vê-lo ajoelhado, fitando-a com nada além da paixão que sentia.

Naquele quarto, Raphael era um homem diferente. Não havia nada de humano ou vulnerável nele. Nada de real. O rosto pétreo a fazia lembrar das estátuas no jardim.

Raphael não estava pedindo. E ela não tinha outra opção, senão aceitar o anel e colocá-lo no dedo. Mas enquanto o fazia, tinha a sensação de que a joia a estava matando aos poucos.

– Não parece satisfeita. A pedra não é grande o suficiente?

Bailey tentou formular uma resposta, mas as palavras ficaram presas na garganta. Como poderia lhe dizer que nunca imaginou ficar noiva, antes de conhecê-lo? E que, quando ele entrou em sua vida, fantasiou aquele momento várias vezes? Ou que a realidade presente não era nada comparada à fantasia que nutriu por tanto tempo?

Nunca pensou em como seria o anel.

Apenas na sensação inebriante que experimentaria. Como estaria feliz por ter conseguido o tipo de relacionamento com que sempre sonhou.

Agora, ao contrário, sentia-se vazia por ter perdido alguém que de fato nunca existiu. De repente, ressentiu-se do homem diante dela. Era fácil imaginar que aquele Raphael destruiu o homem que ela amou. Que os dois eram pessoas diferentes.

– Você acha que o tamanho da pedra é o problema? – perguntou ela, por fim.

– Não parece satisfeita.

– Porque o momento que deveria ser o mais romântico da minha vida, não passa de uma farsa. Não há sentimento envolvido. Apenas um diamante.

– O que seria suficiente para a maioria das mulheres. E caso não fosse, o título de princesa bastaria.

– Nunca sonhei com nada disto. – Também nunca sonhara com o amor. Não antes de conhecê-lo. Até então, sonhar era algo perigoso e devastador.

– Todas as mulheres não acalentam o sonho secreto de ser uma princesa?

– Não. Às vezes, o único sonho de uma mulher é escapar da instabilidade. Estudar e trabalhar para ter uma vida melhor. Nunca tive medo de trabalhar duro, mas temia estragar tudo que conseguisse. Temia perder a cabeça por algum homem e terminar como minha mãe. O que acabou acontecendo. – A voz de Bailey embargou na última palavra e ela se detestou por se mostrar vulnerável diante de Raphael. Fora a única a se envolver no relacionamento que tiveram em Vail. Revelou seus desejos e se desnudou perante ele. Mas Raphael nada deu em troca. Era perito em manter o foco da conversa nela, em se ater a assuntos gerais durantes as horas que passavam juntos.

Na verdade, nunca o conheceu porque Raphael não permitiu.

– Não para de repetir isto, de se comparar a ela. Mas você está aqui. Assim como eu. Não vejo em que aspecto sua situação é igual à da sua mãe.

– Porque – começou ela, sentindo-se prestes a gritar – se você não fosse um príncipe e sua noiva não o tivesse abandonado, eu estaria na mesma situação da minha mãe. A diferença entre mim e ela se resume na obrigação que você tem para com seu principado e o dinheiro que possui.

– Mas essa é a sua realidade. E você tem a mim.

– Como se isso resolvesse todos os meus problemas, sem criar outros.

– Sim. Problemas terríveis. Tais como com que carro vai ao shopping hoje, com qual dos vários garfos à mesa comerá as delícias que são apresentadas e como diabos se acostumará a ser chamada de princesa?

– São apenas detalhes – retrucou ela. – Nada mais.

– É tudo. Você disse que sonhou com uma vida melhor. Aí está sua vida melhor.

– Teria me contentado com uma casa no subúrbio e um marido que não fosse tão arrogante e soubesse me satisfazer.

– Sei satisfazê-la muito bem. Ou preciso refrescar sua memória?

Bailey recostou-se à cômoda na tentativa de colocar alguma distância entre ambos. O coração parecia querer saltar pela boca. Não sabia o que desejava e se odiava por isso.

Queria que Raphael a beijasse.

Mas ao mesmo tempo queria que ele se afastasse.

Quando ele a alcançou, esticou o braço e traçou os contornos do rosto delicado com as pontas dos dedos.

– Infelizmente – disse Raphael, deixando as mãos penderem nas laterais do corpo –, terei de deixar para mais tarde. Está na hora de apresentar ao meu povo sua nova princesa.

CAPÍTULO 6

Bailey descobriu-se sendo guiada por um corredor do palácio a passos apressados. Raphael segurava seu braço com força, enquanto se encaminhavam ao que parecia ser aquela varanda clichê a que se referiram antes.

Uma assistente aproximou-se de Raphael, com os saltos clicando no piso de mármore, o rosto rubro e a expressão tensa. Entregou-lhe um pedaço de papel, sem nenhuma explicação. Sem diminuir o passo, ele leu o que estava escrito e franziu o sobrecenho. Em seguida, enfiou o pedaço de papel no bolso e respondeu à mulher em italiano.

Como Raphael não se deu ao trabalho de traduzir, ela não entendeu o que aconteceu, porque as únicas palavras que conhecia em italiano eram as eróticas, que Raphael lhe ensinou na cama.

De repente, os dois estacaram diante de um conjunto de portas duplas cobertas por cortinas de brocado pesadas.

– Não terá de falar – sussurrou ele ao ouvido de Bailey. O hálito quente fustigando o rosto dela. – Mantenha-se ao meu lado. Sorria e acene quando eu o fizer. E, pelo amor de Deus, tente parecer satisfeita.

No segundo seguinte, as portas se abriram e Bailey se descobriu guiada para o ar fresco com a mesma velocidade com que cruzara o corredor.

O sol brilhava, banhando as montanhas cujos picos se encontravam cobertos de neve. A paisagem era tão bela que mais parecia uma pintura.

Ainda mais surreal era a multidão imensa que se aglomerava nos pátios do palácio, silenciosa e imóvel, aguardando a palavra do príncipe. Bailey nunca vira nada parecido. E nunca estivera diante de um número tão grande de pessoas.

– Estou ciente – começou ele, falando a um microfone que amplificava a voz grave – de que houve certa confusão em relação ao meu futuro e, portanto, ao futuro deste principado. Infelizmente, meu noivado com Allegra Valenti terminou de forma abrupta e, como puderam ler na maioria dos tabloides, existem algumas especulações sobre o motivo. Não posso negar que há certa veracidade nesses rumores. – Bailey não tinha a menor ideia a que rumores ele estava se referindo. Lembrou-se do pedaço de papel que entregaram a Raphael no corredor. Teria ele tido acesso a toda aquela informação minutos atrás? Seria impressionante. – Allegra e eu queríamos o melhor tanto para o meu principado quanto para o futuro dela – continuou ele. – Mas ficou óbvio que estávamos tentando conseguir isso por meios errados. É verdade que Allegra agora está envolvida com outra pessoa. E não posso negar que também estou. Foi preciso a coragem de Allegra para me fazer ver com clareza. Mas agora que o fiz, espero que aceitem o que estou lhes dando. – A voz de Raphael soava solene, sincera e ela se descobriu bebendo cada palavra, ansiosa pelo que viria a seguir. – Neste momento – prosseguiu ele –, o que estou compartilhando com vocês é o meu coração. Pensei que na política não havia espaço para esse tipo de sentimento, mas tenho fé no meu povo. Bailey Harper é a escolha do meu coração. Ela não pertence a uma família abastada, nem tem sangue azul, mas será minha princesa e acredito que com o tempo passarão a amá-la com eu a amo.

Bailey tinha certeza de que estava sonhando. A qualquer minuto, despertaria em seu quarto, no apartamento do Colorado.

A cada minuto, a situação se tornava ainda mais estranha. A multidão irrompeu em aplausos e ovações. Aclamando o príncipe e ela.

Raphael envolveu a cintura dela com um braço e a puxou para perto. Em seguida, segurou o queixo delicado entre o polegar e o indicador e pressionou o nariz ao dela. Os olhos negros a deixando em chamas.

Bailey não conseguiria se afastar. Não quando estavam se exibindo para a multidão. Portanto, permaneceu cativa, sabendo que todas as palavras que ele acabara de dizer haviam sido dosadas para soarem sinceras. Uma história fabricada para satisfazer o povo.

Qualquer pessoa que o rejeitasse agora pareceria malévola, superficial e mesquinha. Apesar do discurso rebuscado, as palavras carregadas de emoção deixavam claro que Bailey era inferior a ele.

Sim, ela era de origem humilde. Sim, estava abaixo do status do príncipe. Sim, Raphael tentou encontrar alguém mais adequado.

Mas ele também mentiu. Disse que ela era a escolha de seu coração, quando na realidade a escolheu apenas porque carregava um filho dele no ventre.

Não era a eleita do coração de Raphael. Havia sido a escolha temporária de sua libido, o que não era a mesma coisa.

Mas era difícil racionalizar diante da intensidade com que aqueles olhos negros a fitavam. De qualquer forma, não havia nada que pudesse fazer no momento. Havia câmeras espalhadas por todos os lugares, o mundo esperava com a respiração suspensa para encontrar um defeito nela. Bailey limitou-se a fechar os olhos e permitir que ele inclinasse o rosto e depositasse o mais suave dos beijos em seus lábios. Quase como o roçar de uma pena.

Mas o peso do significado daquele beijo seria capaz de destruí-la. Despedaçá-la, reduzi-la a nada.

E, no segundo seguinte, Raphael afastou-se, erguendo a mão em uma saudação formal e tensa. Bailey soube que estava na hora de imitá-lo e assim o fez, com a sensação de que fazia parte de alguma peça de teatro.

Antes que pudesse completar aquele pensamento, estava sendo guiada para dentro com a mesma rapidez com que surgiu na varanda.

– Só isto? – perguntou ela.

– Não respondo a perguntas. Faço discursos. Não explico minhas decisões. O que decreto, vira lei.

– Uau! Deveria consultar um especialista para cuidar deste seu ego.

– Meu ego não é um problema para mim.

– Mas é para as pessoas que o rodeiam – contrapôs ela.

– Meu ego me impede de me preocupar com isso.

Raphael era um homem estonteante. Mesmo quando estava sendo tão ridículo e arrogante, a ponto de ela ter vontade de esbofeteá-lo. Beirava a perfeição, com aqueles olhos negros, o nariz reto e a mandíbula bem marcada.

E os lábios... o único vislumbre de suavidade naquele semblante pétreo.

– O que estava escrito no pedaço de papel que lhe entregaram? – Bailey fez a pergunta mais para desviar a atenção da beleza atrativa do noivo.

– Os jornais publicarão o noivado de Allegra Valenti com Cristian Acosta.

– Sua ex-noiva vai se casar com outro?

– E o mais interessante é que está esperando um filho dele. O que também estampará as manchetes, amanhã. Teremos sorte se sua gravidez também não for anunciada. Já estão circulando rumores. Não quis incluir essa informação no pronunciamento de hoje para não minar minhas afirmações. Mas não vi razão para contornar a notícia do noivado de Allegra.

– Oh. Então foi um discurso improvisado e tanto.

– Tenho meus momentos de inspiração. Sei o que meu povo quer ouvir.

– Bem, isso é... romântico.

– Com bem sabe – disse ele, afrouxando o nó da gravata. Os dedos de Bailey coçaram para terminar a tarefa, como fizeram muitas vezes. – Não há nada de romântico nesta situação. Não se trata de romance e sim de fazer o que é certo.

E com aquelas palavras o desejo de Bailey se transformou em raiva.

– Oh, espero que possamos gravar esta frase em minha aliança de casamento.

– É uma possibilidade.

Que criatura estranha e arrogante Raphael se mostrava em seu habitat natural. Mal conseguia perceber que ela estava sendo sarcástica

– Não, muito obrigada – retrucou Bailey. – Não quero nenhuma inscrição na minha aliança. Estava brincando com você.

– Brincando comigo?

– Sim, como fazia com frequência quando estávamos juntos, em Vail. Mas acho que não se lembra.

– Não prestava muita atenção no que você dizia em Vail, porque me encontrava cego e surdo pelo desejo.

A resposta varou-a com uma espada afiada.

– Entendo. O conteúdo do meu sutiã era mais interessante do que o do meu cérebro.

– Conversar com você não me parecia essencial – respondeu ele. – Sempre soube que nosso relacionamento seria efêmero.

– Mas o sexo era essencial?

– A maioria das pessoas supõe que um relacionamento sexual seja efêmero. A não ser que esteja pensando em casamento e, nesse caso, também é passageiro.

Era uma resposta simples, pragmática e em nada inverossímil. Aquilo a enraiveceu, porque Bailey queria se sentir ferida. Justificada.

– Bem, você mentiu para mim.

– Por omissão.

A raiva dissipou o último resquício de orgulho de Bailey.

– Você era cheio de artimanhas – disse ela, girando. – Deixou que eu acreditasse nas suposições que fiz com uma facilidade incrível. E hoje, testemunhei você fazer o mesmo no pronunciamento ao povo. É perito em dizer o que as pessoas querem ouvir.

– Eu diria que é uma boa qualidade em um líder.

– E essa qualidade é mais importante do que ser sincero. De que adianta aquecer as pessoas com suas palavras se as congela com suas ações? No meu caso enrijecendo na neve, *literalmente*.

– Atirar-se na neve foi uma iniciativa sua, não minha.

– Ora, colapsei sobre a neve. – Ela observou a expressão neutra e fechada de Raphael. – Desesperada – acrescentou. – Espero que isto o deixe feliz.

– Não me faz feliz o fato de tê-la magoado, mas não consigo me sentir culpado por suas expectativas infundadas.

– Acho que não consegue se sentir culpado de nada. Nunca – disparou Bailey.

– Vivo em um padrão diferenciado. Consequentemente, pauto minha vida por outras regras. Mais uma vez, não tenho culpa disso. Vivo sob um escrutínio constante. Carrego um fardo pesado. Tenho direito a algum bônus.

– Que tipo de bônus? Agir como se o mundo fosse uma caixa de bugigangas em que você mete a mão, chacoalha, retira o que quer e depois de usar, joga fora? A ideia de que as pessoas são *objetos* descartáveis? De que tudo está sempre ao seu dispor? Acho que isso ultrapassa os benefícios atrelados a um título de nobreza.

– Entendo. E que benefícios acha que mereço por carregar às costas um principado inteiro?

– Não sei. Mas com certeza não o direito de mentir sobre sua identidade.

– Eu a desejei – respondeu ele, segurando-a pelo braço e a pressionando contra a parede com força. Os movimentos abruptos e surpreendentes. A voz de repente rouca e baixa. O membro da realeza esquecido. De alguma forma, com algumas palavras, ela conseguira despi-lo do príncipe e expô-lo como homem. – Não pensei em mais nada, além de ter você – prosseguiu ele. – Estava noivo de outra mulher. Sabia que não teríamos futuro, mas ainda assim a conquistei, porque não podia imaginar viver em um mundo em que a conhecesse, a desejasse e não pudesse satisfazer o desejo de ter você. Sou um homem que não conhece o fracasso. Tampouco a palavra "não".

– Então resolveu se apossar de mim como uma criança que faz manha para conseguir um brinquedo de qualquer jeito.

Raphael gemeu e pressionou os quadris aos dela, fazendo-a sentir a evidência de seu desejo mesmo sobre o tecido do vestido.

– Não sou criança. E não fiz manha. – Raphael inclinou-se ainda mais para a frente e ela quase se derreteu. A fragrância masculina, o toque e o calor que dele emanava... compunham um conjunto inebriante. – Alguma vez sentiu o sangue ferver? – perguntou com voz rouca. – Alguma vez sentiu como se fosse morrer se não tivesse algo? Foi essa a sensação que tive quando a vi. Nada além do fogo e do desejo. Não consigo explicar. Talvez tenha agido como um selvagem. Talvez tenha feito o papel de vilão nesta história. Mas faria tudo outra vez.

– Mesmo sabendo que acabaria assim?

A pergunta pareceu atingi-lo em cheio. Os olhos negros transtornados.

– Eu... não consigo ver outra opção. Porque a alternativa seria passar pela vida reprimindo o desejo e nunca ter a chance de dar vazão a esse fogo.

RAPHAEL NÃO sabia o que se passava com ele. Estava... tremendo.

Sabia que aquela sensação nada tinha a ver com o fato de ter encarado uma multidão minutos atrás, não tinha nenhuma relação com os olhos do mundo sempre focados nele. Nem de longe. Toda aquela atenção e deferência eram a herança de sua origem e ele convivia com aquela condição como com a própria pele.

Existia apenas um motivo para fazê-lo tremer como uma criança.

Bailey.

Sempre Bailey.

Aquilo o irritava e revigorava ao mesmo tempo.

Porque Bailey não estava fora do alcance. No passado, esteve. Sempre. Costumava ansiar pelo momento em que poderia tê-la. Pelos dias que passava em uma cidade dos Estados Unidos, afastado de Santa Firenze, quase sempre em um quarto de hotel, com uma mulher que só poderia ter por um curto período de tempo. E então, um movimento inverso da maré o trouxe de volta para ela. Mas agora Bailey deixara claro que não seria sua, que ele nunca mais poderia tê-la e se mostrou disposta a ceder os direitos sobre seu corpo para outras mulheres. No entanto não existiam outras mulheres.

Nunca existiram, desde o primeiro instante em que a viu.

Nunca, em toda a sua vida, o príncipe Raphael DeSantis desejou algo que comprometeria o futuro de Santa Firenze. Nunca antes escolheu uma mulher do outro lado do mundo, com quem pudesse desfrutar apenas momentos suspensos no tempo. Nunca ficara mais de um mês sem fazer sexo porque não surgia oportunidade de escapar para o Colorado. E por não se interessar por nenhuma outra mulher.

A finalidade de ter uma amante era o prazer que ela podia proporcionar.

E, sem dúvida, encontrou prazer nos braços de Bailey, mas teve de pagar um preço alto. Ela não combinava com seu estilo de vida, com o ponto geográfico em que se encontrava e com sua posição na vida. Teve de fazer concessões para acomodá-la.

Raphael a teve... inúmeras vezes durante os poucos dias que ficavam juntos. E ainda assim, Bailey o fazia tremer.

E o tratava como se fosse superior a ele. Como se pudesse ignorar aquela atração quando Raphael não conseguia.

– Estou fervendo por dentro – disse ele em tom áspero. – E você parada aí, como uma pedra de gelo.

– Você apagou aquele fogo. E agora é tarde para se arrepender.

– Mais piadas sobre eu a ter atirado na neve?

– Não estou fazendo piada – retrucou ela. – Uma parte de mim *morreu* naquela noite. A parte que, pela primeira vez na vida, acreditou em algo além da própria determinação. Acreditei em você. Em nós. E você destruiu essa fé. Não passa de um mentiroso, que me deixaria criar um filho sozinha se não fosse por um revés do destino.

– Nós nos conhecemos por um revés do destino – retrucou ele, soltando os braços dela e pressionando as palmas das mãos contra a parede, de cada lado da cabeça de Bailey. – Como nosso relacionamento poderia ter sido de outra forma?

– Poderia ter sido diferente. Você age como se pudesse controlar o mundo, mas finge que não conseguia controlar o que aconteceu entre nós.

– Se eu pudesse controlar o que aconteceu entre nós, nunca a teria tocado.

– Maldiga o destino. Não a mim. Ou talvez, ao menos uma vez na vida, maldiga a si mesmo.

Bailey fez um movimento como se pretendesse escapar e ele se inclinou para a frente. Os olhos azuis o fitavam, furiosos. Estava preparada para dar vazão à raiva se ele fizesse algo que a desagradasse. Mas não tinha importância. Raphael também estava mais do que disposto a dar vazão à raiva, mas de outro modo.

Com um movimento rápido, ele afastou uma das mãos da parede e a escorregou para a nuca de Bailey. Em seguida, puxou-a para a frente e capturou os lábios macios em um beijo que refletia toda a arrogância de que Bailey tanto debochava. Mas no momento ela não se mostrava debochada e sim enfraquecida e ávida. E Raphael soube que não importava o que aqueles lábios tentadores dissessem, o quanto Bailey fingisse não o querer, ainda o desejava.

Podia alegar que ele a enojava com todos os defeitos que não se furtava a listar, mas ainda assim se inflamava ao seu simples toque.

Bailey pressionou as mãos no peito largo, na intenção de empurrá-lo, mas ele ofereceu resistência. Em vez de se afastar, pressionou o corpo ainda mais ao dela. Os dedos presos entre a nuca de Bailey e a parede.

Ela se contorcia como se tentasse se soltar, mas Raphael mudou o ângulo da cabeça, e invadiu o interior aveludado da boca de Bailey com movimentos lentos e sensuais da língua. E sentiu o exato momento em que ela se tornou flácida, que cedeu à química irresistível.

Raphael ouviu passos atrás deles e percebeu os movimentos dos funcionários que cruzavam aquele corredor, tentando parecer discretos. Ele não se importava. Que olhassem o quanto quisessem. Bailey lhe pertencia. Era sua princesa. Seria sua esposa. E estava esperando um filho dele.

Minha.

Aquela era a palavra que o escravizou desde a noite em que a conhecera. E agora tinha ciência de que se tratava de uma profecia. Ele a possuía de todas as maneiras que interessavam.

E a capitulação de Bailey naquele momento deixava claro que ele teria aquele corpo macio e quente outra vez. Ela não resistiria. Porque a despeito do que tentasse aparentar, era tão impotente quanto ele diante força da atração que os unia. O tremor não era exclusividade dele.

Aquela pequena criatura que parecia imaginar ser superior a ele, tremia em seus braços como uma folha ao sabor do vento.

Pressionando a ereção contra o abdome macio, Raphael aprofundou o beijo, exultando com o ofego que ela deixou escapar da boca.

Por um momento, ele abandonou os lábios carnudos para imprimir uma trilha de beijos pelo pescoço delicado e a clavícula de Bailey. Seria capaz de desnudar aqueles seios perfeitos ali mesmo, no corredor, e sugar os mamilos rosados, tão doces. Erguer a saia do vestido que ela usava, livrar-se da calça comprida e se enterrar fundo dentro dela.

Nenhum empregado seria capaz de contar o que viu. Eram muito discretos e bem remunerados para se arriscarem a comprometer os respectivos cargos no palácio.

E ele não se importava com a discrição. Aquele palácio lhe pertencia. Se quisesse fazer sexo com uma mulher recostado à parede, era uma prerrogativa sua. Nunca tinha feito nada parecido. Mas com Bailey... precisava tê-la. Necessitava dela como necessitava de água e ar.

Ergueu uma das mãos e fechou os dedos sobre decote do corpete do vestido, puxando-o para baixo e revelando um dos mamilos rígidos.

Com um ofego audível, ela se afastou. Raphael viu-se tão chocado que não conseguiu impedi-la.

– O que está fazendo? – sibilou ela entre dentes, puxando o vestido de volta para cima. – As pessoas estão... vendo. – Como se para confirmar aquelas palavras, uma empregada, trajada de preto, passou apressada, com a cabeça baixa.

– Tudo que está vendo me pertence. As pessoas que trabalham aqui não têm outro propósito, senão fazer a minha vontade. E se desejo tê-la no meio do corredor, não reprimirei meu desejo apenas para não ferir a sensibilidade das pessoas que vivem para me servir.

– Seu bastardo arrogante! Se não está preocupado com seus empregados, se não se importa com a própria decência, preocupe-se ao menos com a minha. E o mais importante, respeite minha decisão de não permitir que você me toque.

– Fique à vontade para ditar as regras que quiser, mas isso não significa que as seguirei. Tenho minhas próprias leis. O que quero, tenho.

– É o que disse. Mas, pense bem, você me tem? – perguntou ela com o queixo erguido e uma das sobrancelhas arqueadas em uma expressão altaneira. Nunca ninguém ousou fitá-lo daquela forma, como se ele fosse desprezível. – Não – declarou, sem esperar resposta.

Em seguida, girou nos calcanhares e cruzou o corredor, pisando duro e o deixando parado, consumido pelo desejo, em uma situação que não conseguia entender.

Mostrou a Bailey o poder que possuía. Apresentou-a diante de seu povo. Estava lhe dando um título. Instalou aquela criatura ingrata no palácio. Acabou de despertar o desejo dela, provar que o fogo que os consumia não havia se apagado.

Mas ainda assim, Bailey o rejeitou. Ele não conseguiu atingir seu objetivo.

Ofereceu tudo que possuía àquela mulher e ainda assim não conseguiu dobrá-la.

Bailey Harper era um enigma e ele odiava enigmas.

Mas teria de deixar de lado o mistério de Bailey por algum tempo. Um casamento real iria acontecer dentro de algumas semanas. E, em nome de Deus, aconteceria.

Senão em nome de Deus, então por suas próprias mãos. Ao menos assim, teria certeza de que aquele casamento se realizaria.

CAPÍTULO 7

BAILEY SURPREENDEU-SE ao constatar que era muito simples ser a noiva de um casamento real. Por ser um evento de repercussão mundial, ela imaginou que demandasse muito trabalho. Mas, ao que parecia, não era exigido nenhum esforço das estrelas do espetáculo.

Claro que ajudou o fato de os preparativos para o casamento do príncipe estarem em andamento. Os convites haviam sido enviados. Mas quando Bailey soube que foi enviada uma nota de correção, avisando aos convidados de que o nome da noiva tinha mudado, teve vontade de abrir um buraco no chão e desaparecer.

Mas se concentrar na humilhação de ser a noiva substituta grávida de Raphael era bem mais fácil do que pensar no vexame que passara no corredor, duas semanas atrás.

Raphael... bem, ele quase destruiu a sua determinação por completo e a possuiu diante de todos.

Mas depois que ela se mostrou indignada e se afastou pisando duro, Raphael tornou-se distante. Quase circunspecto. O que era estranho, porque ele nunca agiu daquela forma. Em geral, possuía a sutileza de uma bola de demolição.

Bailey sobressaltou-se ao vê-lo entrar na sala de jantar. A postura determinada e o olhar direto.

– Boa noite.

– O que faz aqui?

– Este é o modo como as pessoas se cumprimentarem hoje? As boas maneiras estão virando antiguidade.

– Há duas semanas não janta comigo. E aqui está você. Não quer me dar a honra de saber por quê?

– Temos de planejar o cardápio do casamento.

– Não está planejado?

– Sim, mas segundo os gostos de Allegra. Ela escolheu o formato do bolo e os sabores, além da comida que será servida aos convidados. Achei que gostaria que levássemos em consideração suas preferências.

– Eu... bem... – Na verdade, não gostaria. Preferia não tomar parte em nada que se relacionasse àquela festa. Permanecer impessoal. A vítima que foi arrastada para uma jornada luxuosa e insana contra a vontade. Mas quando Raphael agia daquela forma, como se a considerasse como uma pessoa e não apenas um objeto...

Tocava-a em lugares ainda sensíveis, revivia uma esperança que necessitava estar morta e enterrada.

– Trata-se apenas de um bolo. Quer ajudar a escolhê-lo ou não?

– Claro – respondeu ela, cruzando os braços e se recostando para trás na cadeira. Raphael tinha um jeito todo especial de transformar todas as pequenas gentilezas em agravos.

– Entre – ordenou ele.

Por um instante, Bailey viu-se confusa até que dois empregados surgiram, empurrando dois carrinhos repletos de pratos cobertos. Em seguida os posicionaram diante dela e removeram as tampas com movimentos rápidos, revelando uma miríade de pratos principais e, atrás deles, miniaturas de bolos.

– Eu... – Bailey percebeu os próprios olhos se arregalarem e o semblante se iluminar. Não conseguia disfarçar o encantamento.

– Um menu degustação. Para você.

– E para você?

Em resposta, um empregado entrou carregando um único prato.

– Um bife para mim – disse Raphael.

Com a mesma rapidez com que entraram, os empregados se retiraram, deixando-a sozinha com Raphael e a variedade de apetitosos bolos coloridos.

Para ser sincera, Bailey preferia a companhia dos bolos.

Olhou para os pratos principais, sem saber por onde começar. Havia salmão, carne bovina e frango, além de algum tipo de mistura de vegetais.

– Uma opção de prato vegetariano – disse ela, erguendo o garfo e espetando a berinjela. – Muito atencioso de sua parte.

– Sou generoso e modernizado ao extremo.

Bailey bufou.

– Se está dizendo.

– Tenho de ser ou ninguém mais será.

– Isso não me surpreende. – Bailey colocou os vegetais na boca e se deleitou com o gosto saboroso da manteiga em sua língua. – Está melhor do que imaginei.

– Disponho dos melhores *chefs* do mundo.

– Para ser sincera, comer se tornou algo desagradável para mim. Nos últimos meses, nada pareceu ter sabor. Estou surpresa em achar tudo delicioso. – Bailey colocou um pedaço de frango na boca, saboreando-o. – Não sei como escolher.

– Pode escolher tudo.

Bailey soltou uma risada, porque a sugestão era absurda.

– Está bem – concordou ela. – Escolho tudo.

– Combinado. – Uma empregada entrou, dessa vez com uma garrafa térmica de café e duas xícaras na mão.

– O descafeinado é para você – disse ele, servindo uma das xícaras e a escorregando sobre a mesa na direção de Bailey.

Os bolos tinham pequenas etiquetas descrevendo os sabores.

– Acho que sairei rolando desta sala quando terminar – disse ela, erguendo um garfo de sobremesa, sem saber qual provar primeiro.

– Vá em frente – estimulou ele.

Bailey mordeu o lábio inferior, tentando se decidir. Raphael ergueu-se, contornou a mesa e se aproximou. Ela se deteve observando os movimentos dele. Puxando uma das cadeiras, ele se sentou na beirada. Bailey pestanejou várias vezes, experimentando uma corrente elétrica de puro prazer. Fazia duas semanas que os dois não se encontravam tão próximos.

Bailey acostumou-se a medir o tempo pelo início de seu relacionamento com Raphael. Sempre conseguia precisar com exatidão. Duas semanas desde que ele a beijou ou a tocou.

Três meses e meio desde que ele lhe disse adeus, naquele hotel. Que fez amor com ela pela última vez.

De repente, todo aquele tempo parecia um peso a pressioná-la, tornando difícil o simples ato de respirar. Bailey ergueu o olhar e encontrou o dele. Os lábios de Raphael se curvaram para cima em um sorriso que a fez arder em chamas.

– Você gosta de chocolate – disse ele, enterrando o garfo no bolo denso e cremoso. Em seguida, posicionou-o diante dos lábios dela. – Deveria experimentar este.

O coração de Bailey disparou, fazendo o sangue correr apressado e quente nas veias.

– Nunca ouviu dizer que é bom guardar o melhor para o fim?

– Prefiro a filosofia de se ter o melhor em todos os momentos. – Raphael inclinou-se para a frente. A intensidade daquele olhar a tocou fundo. – Agora, abra a boca para mim.

Aquelas palavras suscitaram lembranças sensuais. Dos momentos em que Raphael as dissera com voz rouca e autoritária quando ela se encontrava de joelhos diante dele. Quando tudo que Bailey desejava era satisfazê-lo. E a ela também.

E, assim como fez naqueles momentos, abriu os lábios sem hesitar.

O sabor doce com notas meio amargas explodiu em suas papilas gustativas. Era como uma metáfora do relacionamento de ambos. Indecente. Intenso. Algo a que não conseguia resistir, mesmo sabendo que deveria.

Raphael pousou o garfo, ergueu a xícara de café e a entregou a ela.

– Para limpar seu paladar – disse ele.

– Não sei se café limpa o paladar eficientemente – respondeu Bailey, tomando um gole de qualquer forma. Os dedos roçando os dele quando pegou a xícara.

O simples toque teve o impacto de um raio a traspassando. Algum dia seria capaz de tocá-lo sem sentir nada? Ou sempre seria como se ateassem gasolina a um fósforo aceso?

Dessa vez, Raphael escolheu a torta de limão com framboesas.

– Agora esta, que também é uma delícia. E me faz lembrar de você.

– Por quê?

– Porque – começou ele, levando o garfo aos lábios de Bailey – é agridoce – explicou, escorregando o pedaço da torta entre os lábios carnudos entreabertos.

– Acabou de me chamar de azeda? – perguntou ela, após engolir o doce saboroso.

– Você não me dá uma trégua. Não há nada que eu faça que não me cobre uma explicação, certo?

– Acha que deveria ter o direito de não responder por suas ações?

– Sim, droga! – disse ele, deixando claro o divertimento no modo como os cantos dos lábios se curvavam em um sorriso. – Nunca ninguém esperou que eu fosse responsável por minhas ações.

– Que tipo de infância teve?

– Uma repleta de tudo que eu desejasse. Minhas vontades eram satisfeitas mesmo antes de eu as expressar. Dispunha de um séquito de criados dedicados desde o instante em que deixei a maternidade. Na verdade, mesmo enquanto estava lá. Foi reservado todo um andar do hospital quando minha mãe se internou para dar à luz.

– É o que eu chamo de estreia extravagante.

– Sempre fui extravagante desde o momento em que vim a este mundo.

– Seu pai o exibiu na sacada como o "Rei Leão" ou mesmo Michael Jackson?

– Fui apresentado ao principado aos 3 dias de vida.

– E foi adorado por todos.

– Claro – retrucou ele, com um sorriso arrogante que lhe iluminou o rosto. – Mas nem tudo foi festa. Tive de aprender a ser forte. Para o bem do principado. Não podia ser mimado a ponto de me tornar fraco. Tente este outro – disse, pegando um pedaço de bolo entre o polegar e o indicador. – Abra a boca para mim – repetiu ele, com voz rouca.

Quando ela obedeceu, Raphael escorregou os dedos e o pedaço do bolo para dentro da boca de Bailey. O leve sabor salgado da pele quente permaneceu em sua língua, mesmo depois que ele retirou os dedos. A excitação trazida pelas lembranças a deixou ansiando por mais.

Não era possível se concentrar no bolo. Tudo em Bailey se focava naquele homem estonteante e sensual. No desejo que sentia por ele. No momento que estavam vivendo. Aquela sutil conexão que lhe dava a ilusão de conhecê-lo. Era difícil lembrar por que estava tão aborrecida com ele. Ali, no silêncio da sala de jantar, com o céu da noite repleto de estrelas além da janela.

Os dois a sós, com aquele banquete suntuoso, parecia mais uma fantasia do que a realidade. As últimas semanas foram surreais, mas aquele momento era diferente. Não parecia o conto de fadas de uma princesa, mas algo mais íntimo. Real.

E a fazia sentir como se estivesse a ponto de ceder a algo a que jurara resistir. Mas Raphael estava ali, tão afetuoso, mostrando ser tudo que ela desejava.

Estava tentando tornar aquela situação mais agradável para ela. Pedindo para que provasse a comida e os bolos.

Esforçando-se para dar àquele evento um toque de Bailey e não a limitar a apenas uma nota de correção nos convites de casamento. Era quase como se entendesse como ela se sentia. Como se Raphael se importasse em agradá-la.

– Acho que consegui provar que não sou o animal egoísta que você presumiu – disse ele, escorregando o polegar pelos contornos do rosto delicado.

Algo naquelas palavras conseguiu penetrar a névoa de ilusão que a envolvia.

– Sabia que este seu gesto o faria parecer que... atencioso.

– Claro.

– Faz parte do seu plano. Está fazendo isto para tentar me iludir e fazer com que eu goste de você.

– Pensei que se importasse com o tipo de comida e o bolo que serviremos no casamento.

– Não é o mesmo que se importar com o que me agradaria.

– Claro que é.

– Não é – insistiu Bailey.

– Acho que estamos diante de algum tipo de barreira linguística. Sabia que você gostaria de escolher e decidi lhe dar esta oportunidade. Não vejo como minha atitude possa ser prova de egoísmo.

– Teve essa iniciativa porque queria fazer algo que acreditava ser importante para mim ou apenas para me manipular?

– Se o resultado for o mesmo, que diferença faz?

– Muita! – Bailey ergueu-se com um movimento brusco. – Esta sua mania de querer me manipular é repugnante!

Raphael soltou uma risada debochada.

– Sim, como ouso? Que monstro eu sou! Trouxe você para a minha casa, lhe dei um guarda-roupa novo e lhe proporcionei um banquete de bolos. Você tem razão, está sofrendo maus-tratos que nenhum ser humano seria capaz de suportar.

– Não posso ser seu brinquedo para o resto da vida. Algum tipo de quebra-cabeça que está tentando montar e que, quando todas as peças estiverem encaixadas, talvez consiga me levar de volta para sua cama.

Raphael franziu a testa.

– Você não entente – disse ele, a frustração emprestando certo esgotamento ao tom aristocrático.

– E você não se importa. Este é o problema. Está jogando comigo como se eu fosse um brinquedo. É diferente de fazer algo por mim pelo desejo de me agradar. Importa-se apenas com o que seu gesto me fará fazer e não o que me fará sentir.

– Não é verdade – protestou ele. – Preocupei-me com o que iria sentir.

– Porque se me agradasse, imaginou que eu entraria no seu jogo. – Raphael permaneceu calado, com a mandíbula contraída e o semblante pétreo. – Foi o que pensei.

– Por que insiste em ser tão intransigente?

– Não sei. Por que você insiste em mentir? Em ser um príncipe? Em não ser nada do que deveria ser? – Bailey virou as costas e começou a se afastar, mas ele a segurou pelo punho e a puxou de volta.

– Sinto muito, mas não há montes de neve lá fora. Nada em que possa se atirar em um gesto dramático. Talvez seja melhor ficar aqui e conversar comigo como uma mulher adulta, em vez de sair em disparada como uma criança.

– Não sou criança – retrucou ela. – Como você bem sabe.

– Mas é perita em fazer pirraça.

– É o único controle que tenho.

– Você me fez andar pelo palácio, providenciando amostras de cardápio e miniaturas de bolo. Isso não é controle? Fez com que me esforçasse ao máximo apenas para ser brindado com algo além de uma expressão desgostosa de sua parte e ainda tem a coragem de dizer que não tem nenhum controle?

– O que isso lhe custou? – Raphael não respondeu. Os olhos negros impenetráveis. – Exatamente – disse ela, girando outra vez.

– Não entendo o que está tentando provar – resmungou Raphael por fim, quando ela já se encaminhava à porta.

Bailey voltou a virar.

– Está se vitimizando porque teve de fazer algo em consideração a mim. Algo que iria beneficiá-lo. Mas foram seus cozinheiros que prepararam a comida. Tudo que teve a fazer foi pedir. Não me deu nada que lhe custasse algum sacrifício. Tudo isso foi preparado para o seu próprio benefício.

– Se tudo que lhe interessa é a razão por trás das minhas ações e não minhas ações em si, então nunca chegaremos a um acordo. Não vejo em que minha motivação possa ser tão importante.

– Minha mãe me sustentava, mas deixava claro todos os dias que me achava um fardo. Acha que isso não importa?

– Claro que sim – respondeu ele. – Mas tenho responsabilidades. Sou quem sou.

– Uma pedra?

– Talvez – retrucou Raphael, em tom severo. – Mas são as pedras que resistem. É o que este principado precisa. O que nossos filhos precisam. Se você age dominada por suas emoções, um de nós tem de se mostrar frio. Fui criado para não sucumbir a tempestades ou qualquer intempérie que possa se abater sobre o meu principado. Preciso cumprir meu dever a todo custo. Tenho de estar disposto a me sacrificar. Se sou implacável é apenas por ser essa uma característica essencial a um líder. Sou tudo que deveria ser. Não me desculparei por isso.

– Ótimo. Não preciso do seu pedido de desculpas, mesmo porque não seria sincero. – Ela girou e disparou para fora da sala de jantar. A raiva lhe enfraquecendo as pernas.

Bailey tinha a impressão de estar agindo de maneira exagerada, mas não se importava. Raphael a manipulou desde que se conheceram. Agora, todas as suas ações eram suspeitas. Tudo que ele disse desde que chegaram ao palácio se acumulava em um fardo pesado que lhe comprimia o peito e tornava quase impossível o simples ato de respirar.

Não era adequada. Encontrava-se em uma posição inferior à dele.

Você o deixa ardendo de desejo.

O pensamento traiçoeiro queimava no peito de Bailey como uma brasa que se recusava a se extinguir. Mas teria de se apagar. Não havia outro jeito. Tinha de conseguir resistir a Raphael. Do contrário, ele continuaria a manipulando.

Dispunha de duas semanas, antes de se tornar esposa de Raphael. Aquilo lhe parecia tão permanente e decisivo. Claro que sempre haveria o divórcio, mas duvidava que seria fácil obtê-lo na posição em que se encontrava.

Mesmo noiva já estava presa a ele. Raphael não a deixaria escapar. Bailey caminhou até o fim do corredor e olhou por uma das janelas. O cenário era tão belo que ela teve a sensação de que podia sumir naquela paisagem. Mas não era possível. Raphael possuía um exército e ela, nada. Nem ao menos um passaporte. Não permitiriam que voltasse para sua terra natal.

Bailey sentiu um nó apertado na garganta, uma impotência que quase a fez sufocar. Todos os passos a levavam na direção do dia daquele casamento, quisesse ou não.

Já estava usando algemas. Quando tudo aquilo acabasse, seria apenas uma princesa agrilhoada, em vez de uma plebeia.

CAPÍTULO 8

O DIA do casamento nasceu claro e luminoso. Bailey pensou que a natureza parecia debochar do nível de estresse que envolvia toda aquela situação.

Ansiava por escapar para aquelas montanhas, não importava que estivesse grávida, fato que ficava mais evidente a cada dia, e a despeito de não haver como escapar do alcance do braço de Raphael. A lógica perdia cada vez mais o significado, deixando-a apenas com o senso de desespero.

A única opção que lhe restava era tentar manter o equilíbrio. Tentar se lembrar que o casamento era um acordo entre ambos. Não seria esposa de Raphael no sentido amplo da palavra. Estava determinada a levar aquela decisão até o fim. Tinha orgulho próprio e um coração a proteger.

Mas também não pretendia permanecer ociosa. A maternidade ocuparia muito de seu tempo, mas seria interessante se dedicar a outras atividades.

Estava prestes a se formar em economia. Escolhera aquele ramo por lhe proporcionar a oportunidade de trabalhar em diversas áreas e talvez até criar a própria empresa. Um objetivo discutível já que não conseguia se imaginar terminando o curso.

Encontrava-se absorta nos próprios problemas desde que chegou ao palácio e os estudos passaram a figurar as últimas posições de sua lista de prioridades. Estava no modo sobrevivência. Não havia espaço para questões menores.

Talvez um dia, mas no momento, não. Os esforços empregados para melhorar sua aparência no dia em que fora apresentada ao principado foram redobrados para o casamento. Bailey passou por uma total repaginação que a fez brilhar.

O cabelo foi atado com requintes arquitetônicos em um penteado soberbo. O vestido do casamento ajustado para garantir que não evidenciasse o abdome abaulado.

O anúncio da gravidez aconteceria após o casamento e Bailey entendia o porquê. Não haveria como esconder o fato de que ela engravidou antes do casamento, mas Bailey tinha a sensação de que depois que tudo fosse esclarecido, a notícia seria recebida com tranquilidade.

O fato consumado era um dos métodos de ação preferidos de Raphael.

Na verdade, era o único. Não conseguia se lembrar de uma vez que ele lhe tivesse dado escolha.

Mentiroso.

Bailey recordou-se da noite em que se conheceram, quando ele a beijou. A paixão quase a levou a se entregar a Raphael algumas horas após conhecê-lo. E ela lhe disse a verdade. Que não passava de uma virgem nervosa.

Naquele momento, Raphael lhe deu escolha. Não a pressionou de forma alguma.

Mas ele parecia uma pessoa tão diferente quando a conheceu. Sim, mostrava alguns traços da arrogância que agora ficavam evidentes. E, sim, Raphael sempre impôs sua vontade, mas não de forma tão implacável.

Bailey olhou ao redor, enquanto as mulheres contratadas para preparar a noiva no grande dia continuavam a trabalhar em seu cabelo, adicionando pequenas flores nos cachos e no buquê que ela segurava.

Mas claro que, no Colorado, Raphael não era príncipe de nada. Bem, ele era, mas foi diferente. Todo aquele principado se encontrava sob o domínio dele, o que Raphael não se furtava a alardear com frequência. Mas apenas agora Bailey se dava conta da enormidade daquele poder.

Extrapolava o âmbito do palácio. Relacionava-se a todas as gerações que moraram ali. Toda a linhagem de Raphael que regera aquele principado por... não sabia ao certo por quantos anos, mas tinha certeza de que seu futuro marido tinha plena ciência. Por certo estava impregnado no coração de Raphael. Por mais que ele se mostrasse insuportável e inflexível, Bailey não tinha dúvidas de que o noivo seria capaz de morrer por seu povo.

Quando uma das mulheres colocou um colar em torno do pescoço de Bailey, o peso da joia tomou proporções colossais, quase a fazendo sufocar.

Bailey Harper, natural de Nebrasca, penetrava em um universo que não lhe pertencia. E Raphael estava ciente disso. Carregava um fardo ainda maior por assumi-la.

A árvore genealógica dos DeSantis era secular. A dela não ia além de uma oficina de carros no meio do nada, onde a mãe passou a noite com um cara qualquer.

Essa constatação a fazia se sentir diminuída. Sem raízes. À deriva.

De repente, Bailey sentiu-se completamente inadequada para o papel que iria desempenhar. E aquela sensação nada tinha a ver com ser esposa de Raphael ou compartilhar sua cama, o que ainda estava determinada a não fazer. Relacionava-se ao fato estar sendo preparara para representar um principado do qual nada conhecia. Não sabia sequer que aquele lugar existia até um mês atrás.

Agora entendia por que Raphael escolheu outra mulher. O motivo que o levou a deixar que o relacionamento de ambos se limitasse ao Colorado, onde, ao menos, fazia algum sentido.

Bailey inspirou fundo, tentando se recompor. E, naquele momento, a porta do quarto se abriu.

– Está pronta, princesa? – Era um dos assistentes mais próximos de Raphael. E era a primeira vez que ele a chamava de princesa.

Não estava pronta. Achava que nunca estaria, mas não havia como escapar do destino.

– Sim – respondeu ela. – Estou pronta.

Uma multidão lotava a igreja imensa, como era esperado.

Centenas de pessoas se encontravam presentes, prontas para ver enfim o príncipe herdeiro de Santa Firenze se casar.

Raphael destacava-se, parado ao altar, observando o cenário tradicional. Gerações de sua família haviam se casado naquela igreja. Gerações de alianças políticas costuradas. Assim teria sido seu casamento com Allegra. Uma união que visava privilégios políticos, que objetivava uni-lo a uma das famílias mais antigas da Itália. Era sempre vantajoso estar em bons termos com um vizinho próximo e Raphael decidiu conseguir aquela aliança através da esposa.

Agora lá estava ele, preparado para se tornar o primeiro membro da família DeSantis a se casar por razões que extrapolavam o âmbito político. Talvez Bailey estivesse certa. Talvez tivessem existido outras crianças ilegítimas, mantidas em segredo. Todos os casamentos realizados naquela família tiveram como motivação a política.

Exceto aquele. O dele.

Raphael imaginou o que o pai diria se estivesse vivo. Estaria desapontado?

Decidido, tratou de descartar aquele pensamento. O pai teria compreendido que era a atitude decente a tomar. Viviam na era da mídia globalizada e filhos bastardos não eram ocultados com tanta facilidade. Não quando quase todas as pessoas do planeta tinham acesso à internet. Teria sido fácil para Bailey anunciar que estava grávida do herdeiro DeSantis, enxovalhar o nome do príncipe de Santa Firenze e de toda a sua família.

O pai teria entendido o motivo daquele casamento. Não foi uma escolha baseada na emoção, mas na necessidade. Estava arcando com as consequências do seu erro.

De qualquer forma, se Bailey não existisse, o casamento com Allegra não teria ido adiante.

Quando as portas da igreja se abriram e a música mudou, as batidas do coração de Raphael também se alteraram.

Bailey parecia um anjo. Com lábios moldados para o pecado.

Quando ela entrou na igreja, tudo nele enrijeceu. O vestido de noiva não moldava as curvas do corpo que ele conhecia em detalhes, mas para ele ficava patente que Bailey estava grávida. O chiffon macio recostava de leve ao abdome abaulado com os movimentos e os seios estavam bem mais fartos do que antes. Mas talvez nem todos estivessem atentos para as mudanças na silhueta de Bailey. Talvez, ninguém.

Mas aquela mulher lhe pertencia e Raphael percebia tudo que se relacionava a ela.

Nos últimos dias, ambos mal se falaram. Quase não faziam contato visual quando se cruzavam no corredor. Bailey parecia satisfeita em manter o relacionamento dos dois naqueles termos e não seria ele a quebrar o silêncio. O orgulho o impediu. Não se dobraria. Não para aquela mulher.

Um principado inteiro se curvava diante dele. Recusava-se a fazer o mesmo perante uma loura franzina.

Ainda assim, à medida que ela cruzava a nave da igreja em sua direção, Raphael ouvia apenas aquela única palavra que sempre ecoava em sua mente quando a via.

Minha.

E a partir daquele dia, Bailey seria de fato sua. Estaria ligada a ele, pela lei e pelos votos que eram tão ou mais antigos do que aquela igreja. Bailey faria juramentos no lugar onde todos os bebês reais da família DeSantis foram batizados e cada casal real foi consagrado.

Raphael era um homem prático. Não acreditava em misticismo. No entanto, sentia como se fazer os votos naquela igreja tivesse um peso maior. Que havia algo unificador nas paredes de pedra que haviam testemunhado tantas outras ocasiões relevantes e magnificentes.

Todos aqueles pensamentos espiralavam pela mente dele, mas nenhum ecoava mais alto do que a palavra.

Minha.

Bailey mantinha a cabeça erguida, o queixo empinado e ele percebeu o brilho nos olhos azuis, pelas lágrimas suprimidas. Sua Bailey quase não conseguia conter as emoções. Era uma mulher irascível. Temperamental. E tão autêntica que era difícil se aborrecer com aqueles defeitos.

Tinha convicção em tudo que dizia.

Mas seu principado não necessitava daquela convicção e sim de um líder de cabeça fria e equilibrado. Era tudo que sempre exigiram dele.

Raphael era irrepreensível no exercício de seu título, mas sua Bailey conseguia criticá-lo. Sempre. Nunca ninguém lhe tinha dirigido qualquer opinião negativa.

Todos o veneravam.

Os olhos azuis de Bailey encontraram os dele e lá não havia nenhuma veneração ou deferência. Apenas o desafio. Uma determinação férrea, a raiva que se recusava a se extinguir e o desejo que ainda queimava.

Uma mulher que, com certeza, seria um ganho para o seu principado. Forte o suficiente para ser princesa. Para reger. Como fora capaz de pensar que Bailey nada tinha a ver com a realeza? Ela era a realeza. Na essência. Uma mulher de convicção inabalável. De sentimentos profundos e de padrões morais.

Bailey cuidaria daquele principado. Não tinha dúvidas. Raphael sabia que, acima de tudo, ela se dedicaria a Santa Firenze até mais do que ele. Se não por mais nada, apenas para provar do que era capaz.

E naquele momento, Raphael admirou a obstinação de sua futura esposa. Valorizou-a. Porque percebeu que era de onde ela tirava forças.

Bailey contou-lhe sobre como se esforçou para cursar a faculdade, como batalhou e economizou para conseguir tudo que tinha.

Como pôde considerar aquela firmeza de caráter menor do que a dele?

Quando Bailey o alcançou, ele segurou a mão dela e a puxou para perto. À medida que o padre entoava as palavras da cerimônia, Raphael permitiu que cada sílaba o inundasse, absorvendo-as em vez de apenas prestar atenção.

Quando chegou o momento de recitar os votos, ele falou sem hesitar. Não era um homem emotivo nem dado a romantismos, mas conhecia o sentido do termo compromisso. Sabia manter a palavra dada. Não a empenhava com facilidade e não o fizera em relação a Bailey até aquele momento, mas o fazia agora. E seria imutável.

– Neste momento, uno-me a você – começou ele. Cada palavra reverberando clara e verdadeira na igreja – para o resto da vida. Prometo me manter fiel. E me dedicar de corpo e alma a você. Até que a morte nos separe.

Um rubor intenso espalhou-se pelo rosto delicado, enquanto Raphael proferia as palavras que ressoavam no âmago dele, permeadas de uma sinceridade inegável. Naquele momento, não havia dúvida se Bailey seria ou não sua esposa de corpo e alma. As palavras foram ditas e seriam cumpridas. De sua parte, Raphael jamais tocaria outra mulher. Foi assim desde que a conheceu. Ficariam impressas em sua alma como aquele sentimento de posse que o dominou no instante em que pousou os olhos em Bailey.

Minha.

Aquela mulher lhe pertencia. E a mais ninguém.

Bailey repetiu as mesmas palavras, com a voz baixa e o olhar velado. Naquele momento, Raphael percebeu que a mulher diante dele não compartilhava a mesma certeza que ele.

Não podia ser. Bailey lhe pertencia. Não era de mais ninguém. Comprometeu-se com ela. E foi sincero em cada palavra. Cumpriria cada uma delas.

No momento seguinte, o padre anunciou que ele podia beijar a noiva.

Raphael envolveu a cintura da esposa com um dos braços, aproximando-a do corpo. Em seguida, ergueu o queixo dela e a beijou como se a marcando a ferro e fogo. Como se tentasse tatuar na alma de Bailey a mesma marca que agora estampava a sua.

Quando se separaram, os olhos azuis de Bailey brilhavam e a respiração saía ofegante.

Mas logo a multidão irrompeu em ovações. Raphael inclinou-se para a frente e sussurrou ao ouvido da esposa:

– Você é minha. E decidi que terei minha noite de núpcias.

ERA IMPOSSÍVEL se concentrar no banquete de casamento, no bolo de chocolate que ela escolhera ou no bife delicioso que lhe serviram antes. Era difícil fazer qualquer coisa além de congelar um sorriso no rosto enquanto as pessoas a cumprimentavam, afirmando estarem extasiadas em tê-la como princesa.

Cada voz soava distante como um murmúrio indistinto. Cada sabor, insípido. Porque tudo em que Bailey conseguia pensar era na promessa sussurrada que o marido lhe fizera no altar. Não a declaração pública, mas o voto feito exclusivamente para os seus ouvidos.

Que ele teria sua noite de núpcias.

Estava decidida a não cumprir seu papel de esposa na cama. E acreditou que ele entenderia. Afinal, mal se falaram nas últimas duas semanas. O que o levou a pensar que algo havia mudado?

Não sabia o que sentia. Nem o que pensar, exceto que desejava que aquela recepção interminável se perpetuasse para não ter de ficar a sós com o marido.

Seu marido.

Postada diante de todo o principado, na verdade do mundo, fizera promessas àquele homem que não poderia quebrar.

Encontrava-se cativa. Agora podia ver com clareza que aquela fora sua condição desde o instante em que pusera os pés no jato particular de Raphael. Talvez desde o momento em que lhe deu a mão, do lado de fora do restaurante, e aceitou passar a noite com ele.

O casamento era apenas uma formalidade.

Iludiu-se ao acreditar que possuía algum poder de barganha. Que Raphael reconhecia seu ponto de vista. Que talvez tivesse concordado que seria melhor não terem um relacionamento íntimo. Era óbvio que tudo não passou de um ardil para lhe dar a falsa impressão de que estava segura.

Ou talvez para evitar ouvir seus gritos de protestos todos os dias das últimas duas semanas.

Os olhos de Bailey encontraram os dele. O coração parecia uma ave se debatendo na gaiola, ávido por escapar. Talvez se ao menos o coração conseguisse voar para longe daquele lugar. Do homem que tinha a capacidade de devastá-la. Se conseguisse manter o coração protegido, não teria problemas. Afinal, gostava de fazer sexo com Raphael.

Ela pressionou os lábios, pensativa. Aquela era uma forma insípida de descrever o que significava fazer sexo com ele. Nunca teve nada a ver apenas com a satisfação física. Sim, era maravilhoso fazer amor com ele. Sim, sentia um prazer que não podia ser descrito em palavras. Mas nunca se limitou ao físico. Não para ela.

Bailey sentiu uma conexão com aquele homem desde o primeiro instante em que o vira. Quando os corpos de ambos se fundiram foi como se tudo fizesse sentido. Como se Raphael tivesse descoberto as peças que faltavam para que ela se sentisse completa.

Não conseguiria separar o lado físico do emocional. Não podia excluir o sexo do que sentia por Raphael.

Fosse raiva ou amor, sempre haveria um sentimento envolvido. Maior do que ela.

No passado, ela o amou. De verdade. À loucura. Desejou passar o resto da vida com Raphael. Mas depois teve de encarar o fato de que não o conhecia. E ele partiu seu coração. Passado algum tempo, arrastou-a para um castelo e lhe deu demonstrações de um poder que até então ela desconhecia.

Amava o homem que Raphael foi no passado, mas não sabia o que sentia pelo príncipe que agora ele se mostrava. O homem com quem acabara de se casar. A realidade do amante que idealizou e que teve durante alguns fins de semana por oito meses.

Sentia-se uma tola por ter sentimentos tão profundos por alguém com quem não passou muito tempo. Por se apaixonar por um homem que era apenas um produto de sua imaginação. E por agora estar ligada à verdadeira personalidade daquele mesmo homem, que nunca seria capaz de amá-la. Alguém que esperava apenas receber.

Os dois continuaram a caminhar pelas mesas da recepção, falando com todos, exceto um como o outro.

Por fim, chegou o momento da partida grandiosa dos noivos. Era um rito tradicional, com chuva de arroz, enquanto deixavam o local da recepção. Bailey tentou sorrir, parecer uma noiva feliz, mas se descobriu incapaz. Era impossível quando parecia ser feita de chumbo.

Quando saíram para o ar frio da noite, ela se sentiu como em um batismo que lavasse todos os eventos do dia.

Mas apenas por um instante.

Raphael guiou-a para o palácio, pelos degraus da escadaria imponente, na direção das portas maciças.

Os dois estacaram na entrada e ele a fitou com olhar intenso.

– Esta é a sua casa agora. De verdade. É uma parte de você.

Bailey olhou ao redor. A pulsação disparada no pescoço.

– E pensar que minha maior aspiração era ter uma casa em um bairro agradável.

– Ora, veja por este ângulo: não terá de lidar com nenhuma associação de moradores aqui.

– Apenas com uma legião de empregados e um marido que julga governar o mundo.

– Apenas um principado – retrucou ele. As labaredas que se refletiam nos olhos negros se tornaram ainda mais intensas, enquanto ele inclinava a cabeça até que os rostos de ambos se encontrassem quase colados. – Vamos para a cama.

– Eu lhe disse que não ia... que nós não íamos...

Algo mudou na expressão de Raphael. O smoking elegante que ele escolheu para o casamento ainda estava impecável. O cabelo ainda se encontrava penteado com perfeição, sem um fio fora do lugar.

Mas era como se tivessem acionado um interruptor dentro dele que dissipou o último vestígio de civilidade.

Transformando-o em uma criatura feroz.

Um predador que a tivesse escolhido como caça.

– Sei o que disse – respondeu ele. – Mas eu recitei meus votos para você diante de todo o meu principado e os meus ancestrais. E, de minha parte, pretendo cumpri-los. Pode não me desejar como marido, mas eu a farei minha esposa.

E sem dar tempo de Bailey reagir, ele a ergueu nos braços com um movimento brusco, apertando-a contra o peito. O choque a deixou paralisada, enquanto ele seguia pela escadaria na direção do quarto.

Bailey soube que a decisão havia sido tomada. Que, como em todos os outros aspectos, uma vez que Raphael tomasse uma resolução, não permitiria ser demovido.

Ela segurou os ombros largos, por medo que ele a deixasse cair, até chegarem aos aposentos do príncipe. Um conjunto de quartos que ela desconhecia. Ele a carregou pela soleira da porta como qualquer noivo normal na noite de núpcias.

Em seguida, girou, fechou a porta com o pé e a pousou no chão.

– E agora, prezada esposa – disse ele, com o desejo queimando nos olhos negros. – Você será minha.

CAPÍTULO 9

Bailey fitou-o, procurando algum sinal de maquinação. Uma indicação de que aquilo era parte do plano de Raphael.

Mas nada encontrou. A sofisticação fria havia desaparecido. Aquele não era o homem que conheceu no restaurante em que trabalhava, nos Estados Unidos. Tampouco o príncipe.

Era um Raphael diferente. Estranho e familiar ao mesmo tempo.

Quando ele se aproximou, os olhos negros refletiam duas labaredas, queimando com emoções conturbadas. Raiva. Desejo.

Medo.

Bailey não sabia por quê.

Mas não importava porque a resposta não o faria mudar de atitude. Nada alteraria o que estava para acontecer ali. Bailey recostou-se à parede, enquanto ele avançava em sua direção.

Raphael fechou os dedos sobre o decote do vestido de noiva e puxou com força, rasgando-o nas costuras e expondo o sutiã de renda sem alças.

Bailey ofegou, pressionando as costas com mais força contra a parede.

– É assim que me olha agora? – perguntou Raphael. – Como se eu fosse seu inimigo? – Os dedos longos seguraram o queixo dela, o polegar escorregando sobre a pele delicada.

– Como se não me conhecesse? Como se eu não conhecesse seu corpo de todas as maneiras possíveis?

– Era diferente – disse ela, com voz tensa. – É diferente. Eu não o conheço. Não mais. Jamais conheci. O homem que eu pensei que fosse não existe mais. E não farei sexo com um estranho.

– Um estranho? – Raphael soltou uma risada destituída de humor. Em seguida, inclinou-se e pressionou os lábios no pescoço delicado. O contato era quente e excitante contra a pele de Bailey. – Um estranho saberia que se a tocar aqui – prosseguiu, escorregando a mão para um dos seios fartos –, você começará a tremer?

O corpo traidor de Bailey fez exatamente o que ele previu, reduzindo-a a uma massa trêmula e ávida sob aquele toque sensual. Ela era uma presa fácil para Raphael. E o bastardo sabia disso.

– Um estranho saberia – insistiu ele. – Que se a saborear desta forma – Raphael escorregou a língua pelo pescoço macio –, você enlouquecerá de desejo.

Bailey não conseguiu contar as chamas que pareciam lhe queimar todo o corpo. Do modo exato que ele descreveu.

– Sexo sem confiança não vale a pena – disse ela, ofegante. Sentia-se envergonhada por ser tão transparente, mas não sabia o que fazer.

– Não me importa sua confiança, *amore mio*. Apenas isto. – Ele lhe beijou um dos cantos da boca e Bailey sentiu como se atingida pela descarga elétrica de um raio.

Girando a cabeça para o lado, ela fechou os olhos.

– Não.

Raphael gemeu, segurando-lhe os braços e fitando-a nos olhos.

– O que será preciso? O que tenho de fazer? Já me rebaixei a ponto de admitir que você me deixa louco de desejo. Que não fui o mesmo desde que a vi naquele restaurante. Confessei isto tudo, e mesmo assim não é o suficiente. O que você quer? – rosnou ele.

– Na... nada – respondeu Bailey. A mentira deixando um resíduo amargo em sua língua. – Não há nada que possa fazer.

– Quer que eu suplique? – perguntou ele. As palavras ásperas, repletas de desdém. – É o que deseja? Minha esposa garçonete, acha que é digna de que eu me rebaixe para tê-la?

– Acho que mereço consideração do homem que me abandonou quando eu estava grávida. Que não saberia que era pai se não fosse por uma mudança de circunstâncias. – E não estava mentindo.

– A consideração tem um preço. – Os olhos negros brilhavam nos dela. Intensos. Inflexíveis. – Talvez devesse me lembrar do que eu gostava em você. Porque neste momento, estou com dificuldade de me recordar.

– Ou talvez – retrucou Bailey – seja melhor ir para o seu quarto e encontrar consolo em sua mão direita. Não sou um objeto que possa usar. Sou uma mulher. Não pode me tratar como uma coisa qualquer, que você pega quando quer e depois descarta.

Raphael ajoelhou-se diante dela. Os dedos fechados sobre o tecido do vestido, puxando-o para baixo até formar uma poça no chão.

– É uma súplica que você deseja?

– Não disse isto.

– Se quer que eu suplique para ter minha própria esposa, que seja. – Raphael ergueu o rosto para fitá-la com expressão severa. Em seguida, abaixou a calcinha de renda que ela usava até a altura dos joelhos. – Considere isto a minha súplica.

– Raphael...

Qualquer palavra que ela estivesse prestes a dizer ficou perdida, quando as mãos fortes seguraram os quadris dela, impedindo qualquer movimento. Em seguida, Raphael inclinou a cabeça para a frente, inspirou fundo e beijou a parte interna da coxa macia.

– Sonhei com isto – disse ele com um sussurro gutural. – Sonhei em ter você.

Dizendo isso, escorregou os lábios para o triângulo de pelos púbicos na junção das coxas de Bailey. As mãos delicadas se fecharam em torno dos ombros largos, apertando o tecido do smoking.

Seria ela tão fraca?

Quando Raphael começou a beijá-la, a língua criou algum tipo de magia irresistível que se espalhou pelo corpo dela como um encantamento.

Bailey teve vontade de chorar. Pela sensação maravilhosa que aquela carícia a fazia experimentar. Por se sentir tão fraca. Porque estava decepcionando a si mesma. Mas percebeu que desejou aquela sedução forçada. Quis se submeter ao prazer avassalador. Para se convencer de que ele a forçou e se absolver de todos os pecados. De toda a culpa.

Você quer isto. Você quer isto.

Bailey fechou os olhos com força, soltando os ombros dele, mas se mantendo no lugar. Em seguida, ergueu os braços sobre a cabeça e pressionou as juntas dos dedos com força contra a parede, como se aquele gesto a inocentasse de toda a culpabilidade.

O coração batia acelerado, cada pulsação a chamando de mentirosa, enquanto Raphael a erguia a alturas inimagináveis. Aquela exploração erótica nada tinha de suave. Os dedos e a língua buscando o ponto mais sensível da feminilidade de Bailey.

Raphael escorregou a mão sobre a pele úmida e quente e introduziu um dedo dentro dela, enquanto continuava a explorá-la com a língua.

Bailey não se permitiu o prazer sexual desde que ele a abandonou. Era como uma punição pela estupidez que cometeu. Desde que chegou ao palácio, algo a impediu de se autossatisfazer porque pensaria em Raphael o tempo todo.

Tinha a sensação de estar prestes a explodir.

E Raphael também percebeu. Podia sentir o quanto ela se encontrava úmida, pronta para recebê-lo. Era fácil sentir a contração de seus músculos internos enquanto ele continuava a lhe dar prazer.

Aquela percepção humilhante devia ser suficiente para bloqueá-la, mas em vez disso, pareceu a excitar ainda mais.

– Raphael... – ofegou ela. – Não posso...

– Sim, pode – sussurrou ele, o hálito quente contra a pele sensível da parte mais íntima de Bailey. – E conseguirá. Entregue-se para mim.

O comando soou mais arrogante do que nunca. Era como se ele, e apenas ele, tivesse domínio sobre seu corpo. Como se Bailey não fosse capaz de resistir a uma ordem que ele lhe desse, mesmo uma como aquela.

E Raphael tinha razão.

As palavras a atiraram na beira do precipício e a lançaram em um abismo de prazer. Quando ela atingiu o fundo, teve a sensação de se desfragmentar em mil pedaços com o clímax intenso, que a fez sentir como se estivesse flutuando. Pela primeira vez desde que sua vida se despedaçara e depois fora colada de maneira defeituosa, Bailey se sentia livre.

Como se fosse ela mesma.

Como se Raphael não tivesse apenas lhe proporcionado prazer físico, mas libertado uma parte dela que se encontrava esmagada sob o peso dos últimos acontecimentos.

Bailey inspirou fundo. E, de repente, Raphael estava diante dela outra vez, capturando-lhe os lábios com um beijo profundo. Carnal. Selvagem.

Erguendo-a mais uma vez nos braços, ele a carregou até a cama, onde a depositou sobre o colchão. O coração de Bailey parecia querer saltar pela boca, enquanto observava aqueles dedos hábeis trabalharem nos botões da camisa, retirar a gravata, atirando os últimos vestígios de civilidade ao chão.

Bailey saboreou a visão daquele homem. Um desejo opressor a dominando, como se não tivesse acabado de experimentar um orgasmo.

A penumbra revelando apenas os relevos dos músculos exaltados. As depressões e saliências do abdome definido, ampliado pelo brilho da luz de um único abajur. Bailey viu-se sem ar. Cativa no desejo que crescia a cada segundo. Como sempre, desde o início daquele relacionamento.

Não havia como pensar nas consequências. Ou se importar com a autopreservação. Para quê? Viveria se preservando, mas não seria ela mesma. Segura, mas sem utilidade. Como um livro que nunca foi lido.

Bailey observou, transfixada, enquanto ele desatava o cinto e o escorregava pelos passadores. Os olhos negros queimavam os dela, fazendo-a sentir aquela intensidade na alma. Não era suficiente Raphael ter total controle do seu corpo. Parecia comandar todos os seus sentidos.

Não podia esperar nada menos daquele homem.

A arrogância de Raphael não conhecia limites. Por que se deteria naquele momento?

Bailey baixou o olhar outra vez, apenas para se descobrir paralisada diante dos contornos da ereção, da evidência absoluta do desejo de Raphael à luz frouxa. O único sinal de que, no momento, aquele ser arrogante se encontrava tão enfraquecido e mortal quanto ela.

Absorta no controle de Raphael sobre ela, Bailey havia se esquecido do poder que exercia sobre ele. Como pôde não perceber? Não ficou evidente quando Raphael se ajoelhou diante dela?

Mesmo com aquela demonstração patente do quanto ela o controlava, Bailey preferiu se focar na impotência que a consumia por dentro.

Foi como se uma chave tivesse girado na fechadura, permitindo que ela visse tudo de forma diferente agora. Como se uma revelação tivesse se descortinado diante de seus olhos, impedindo-a de continuar interpretando os fatos como antes.

Esticando as mãos para trás das costas, ela desabotoou o sutiã e atirou a peça insubstancial ao chão. Em seguida, ajoelhou-se diante dele, completamente despida. Recusava--se a se esconder, a se cobrir.

Aquilo nada tinha a ver com Raphael ou com o que ele a fazia sentir e sim consigo mesma. Até então, esteve presa à ideia do fracasso. Ao pensamento de que desejar Raphael ou qualquer outro homem seria sua maldição. Que a diminuiria.

Mas todo aquele temor tinha origem em sua história de vida. Tinha a ver com o orgulho ferido, porque Bailey sempre foi um pouco desdenhosa das atitudes da mãe. Mas era o orgulho falando mais alto. Que a deixara cativa e sozinha, que nunca a manteve aquecida à noite e não lhe trouxe nenhuma sensação de plenitude. E talvez Raphael também não trouxesse. Talvez aquela fosse a estrada para mais uma desilusão amorosa.

Mas ela o desejava e a recíproca era verdadeira.

Por ora lhe bastava. Por aquele momento.

– Você me deixou esperando por muito tempo – disse ele com voz rouca, enquanto se livrava da calça comprida, revelando o corpo.

Bailey teve a sensação de que todo o ar havia fugido dos pulmões. Fazia muito tempo que não o via nu. Claro que as imagens de Raphael despido se encontravam tatuadas em sua mente, fantasias que não a abandonavam mesmo que ela ansiasse para que lhe dessem uma trégua.

Mas não era a mesma sensação de estar tão próxima de Raphael que pudesse tocá-lo. Saboreá-lo.

Bailey escorregou para a beirada da cama, esticou os braços e apoiou as mãos nos ombros largos. Em seguida, abaixou a cabeça e começou a imprimir uma trilha de beijos quentes pelo peito rígido. Os músculos peitorais se contraíram sob os lábios de Bailey. O corpo alto e definido se curvando para trás como se tivesse sido queimado.

Oh, sim, ela exercia poder sobre aquele homem.

Com mordidas leves, ela percorreu o caminho até a mandíbula bem marcada. Com a ponta da língua descreveu o contorno do queixo de Raphael antes de a introduzir entre os lábios firmes, com movimentos que imitavam os que ele fizera entre suas coxas, minutos atrás.

Raphael envolveu a cintura dela com um dos braços, inclinando-a sobre a cama. Em seguida, apossou-se dos lábios carnudos com um beijo que não tinha nada de gentil. Mas Bailey não se importava. Não era de gentileza que precisava. Queria vê-lo destituído de todo e qualquer controle, como Raphael estivera desde o instante em que entraram naquele quarto. Aquela percepção fez algo explodir, quente e esperançoso, no peito de Bailey.

Ali não havia nenhuma maquinação. Não era como a prova do bolo há duas semanas. Raphael não estava tentando manipulá-la. Estava agindo daquela forma porque não tinha outra opção. Porque seu controle estava se esgotando.

Uma satisfação imensurável tomou conta de Bailey juntamente com um desejo avassalador. A ereção pressionava suas coxas, abrindo caminho para a parte do corpo onde ela mais desejava tê-lo. Mas dessa vez, não bastava um orgasmo. Queria ser preenchida por Raphael. Precisava senti-lo dentro dela.

As palavras flutuaram em seus lábios, mas Bailey percebeu que pronunciá-las lhe custaria um preço que não estava disposta a pagar. Não havia clima para dar vazão ao pensamento.

– Eu o quero – disse ela – dentro de mim.

Com um gemido rouco, que soava como uma prece e um xingamento ao mesmo tempo, ele se posicionou para penetrá-la com o mesmo cuidado que tomou quando a possuiu pela primeira vez.

Lágrimas fizeram arder os olhos de Bailey. Não queria ternura. Desejava ferocidade, rapidez. Satisfazer aquele animal selvagem que residia dentro dela.

Decidida, espalmou as mãos nas costas largas, escorregando-as em seguida para as nádegas musculosas e as pressionando. Forçando-o a se enterrar dentro dela. Quando se sentiu preenchida ofegou, com a sensação dos músculos estirados a ponto da dor.

Mas Bailey se regozijou com aquela experiência.

Erguendo o olhar, percebeu a tensão que contraía os belos traços de Raphael. Os tendões do pescoço estirados eram evidência do esforço que ele fazia para manter o controle. Bailey amou constatar o quanto o afetava e perceber que não estava sozinha naquela insanidade.

Raphael mentiu para ela. Destruiu a confiança que depositava nele. Mas o que estavam vivenciando agora era verdadeiro. Era real e sincero. Era tudo. Não sabia se o conhecia em sua totalidade. Não tinha certeza onde terminava o homem que conhecera nos Estados Unidos e começava o príncipe.

Não sabia. E não tinha certeza de que um dia saberia. Mas aquele encontro de corpos, a conexão intensa que ocorria quando estavam juntos era sincera. Era a mesma que antes. Raphael não parecia um estranho.

A alma de Bailey o reconhecia.

Reconhecia-o naquela sinceridade. Em cada toque e investida de Raphael, que começava a se movimentar dentro dela. Aquilo era real. Puro, verdadeiro e o fato de ter se sentindo envergonhada lhe parecia errado.

Bailey exultava naquele momento. Nele. Na perfeição do que faziam. Nada lhe parecera adequado em muitos meses, mas o que compartilhavam agora, era.

Sem hesitar, deixou-se levar na onda de prazer que a engolfava até ser erguida na crista do êxtase. E quando Raphael estremeceu com os espasmos do próprio orgasmo, Bailey deleitou-se com aquela sensação.

Quando terminou, o único som que quebrava o silêncio do quarto eram as respirações ofegantes de ambos. Nada além de uma profunda sensação de finalização. Não havia mais questionamentos sobre se aquele jogo de gato e rato teria chegado ao fim, porque chegou. E agora, Bailey sabia que aquele era um caminho sem volta.

E se perguntava por que quis fugir da realidade. Raphael era o único homem que desejava. Não importava se ele era o homem de negócios que ela imaginou ou príncipe na vida real. Não interessava se estavam nos Estados Unidos ou ali.

Raphael era o homem que seu coração desejava acima de tudo. E tinha o direito de se sentir furiosa e desiludida com o modo como ele a deixara. A vida lhes deu a chance de estar casados e unidos e ainda assim ela havia escolhido se apegar à raiva.

A ira era um escudo destrutivo. E Bailey estava começando a perceber que a autoproteção tinha um custo alto. Em nome do orgulho, pelo medo de se ferir, decidiu se negar algo que desejava.

Tudo aquilo resultou na autoflagelação que se impôs por tantos meses.

Viver com Raphael, criar o filho dele, ser sua esposa, implicaria em abandonar algumas mágoas. Deixar o passado para trás e parar de valorizar o momento em que terminaram em detrimento daquele em que começaram.

Bailey inspirou a fragrância masculina e envolveu o pescoço largo do marido, puxando-o para perto. E permitiu que todo o resto se apagasse.

CAPÍTULO 10

PELA MANHÃ, Raphael acordou e se deparou com uma mulher abraçada a ele. Algo surpreendente, porque havia passado muito tempo desde a última vez que despertou daquela maneira. Descerrou as pálpebras e quando olhou ao redor, avistou um vestido de noiva rasgado, lembrando uma mariposa com as asas arrancadas.

As lembranças invadiram a mente de Raphael. Imagens dele pressionando Bailey contra a parede, rasgando o corpete do vestido de noiva, segurando-a firme contra sua boca enquanto liberava toda a raiva e o desejo contidos que rugiam em seu íntimo como um animal indomado.

Sim, de repente se lembrou de tudo.

Sentou-se na cama e o movimento perturbou o sono de Bailey. Ela se encontrava atirada de tal forma sobre seu corpo que seria impossível sequer inspirar fundo sem a incomodar.

Quando ela abriu os olhos azuis sonolentos, Raphael experimentou uma onda de ansiedade que o fez trincar os dentes. Não tinha a menor ideia do que aquele sentimento significava. Bailey estava ali, nua, o que significava que não havia o que temer. Ele tinha tudo.

Aquela mulher, que agora era sua esposa, o palácio e o principado onde se encontrava. Nada mais importava. Não havia razão para aquele vazio doloroso.

Ainda assim, a sensação persistia.

– Bom dia – resmungou ela.

– Será? – retrucou Raphael, conciso.

No segundo seguinte, descobriu-se se afastando e se erguendo da cama para cruzar o quarto e se ajoelhar no chão para examinar o estrago que havia feito no vestido.

– É um pouco tarde para se arrepender – disse ela, sentando-se na cama e puxando o lençol para cobrir os seios. O rosto mais corado do que de costume e os lábios exibindo um sutil intumescimento. Raphael não conseguia se lembrar quantas vezes a tivera na noite anterior, tentando saciar o desejo insano que sentia por ela.

Agora Bailey estampava as marcas de sua paixão desenfreada, do desespero egoísta. Assim como aquele vestido.

– Pensei que nunca fosse tarde para se arrepender. Na verdade, você vem se esmerando em demonstrar o quanto se arrepende em ter me conhecido. Estou começando a pensar que talvez não seja totalmente louca por se sentir assim.

Bailey franziu a testa.

– Sim... Bem, é bom saber que você não ficará completamente louco, agora que se casou comigo.

– Eu não estava no meu normal ontem.

– Sim, estava. Foi o que você é. Sentiu-se no direito de ter algo que lhe estavam negando e reagiu.

– Você disse que me queria – retrucou ele. Raphael estava recordando o momento em que, desesperada de desejo, ela quase suplicou para que a penetrasse. Bailey verbalizou aquela vontade.

– Sim, eu disse. Eu o desejei desde o momento em que voltou para mim. Não é esse o problema.

– E qual é? – Raphael ergueu-se, segurando o que restou do vestido de noiva nas mãos. – Porque para alguém que alega me desejar, fez um trabalho admirável em me evitar.

– Não quero ser escrava de seu ego ferido. Tampouco um desafio para o orgulho masculino de Vossa Alteza. Era a isso que estava me referindo. Você está acostumado a ter tudo o que quer. Não quero ser mais um desejo satisfeito. Quero ser mais importante para você.

– Desde que isso implique em algum custo para mim – rebateu Raphael, começando a compreender. – Foi o que disse no outro dia. Que minha iniciativa de lhe trazer as amostras do bolo era inócua porque não me custou nada.

– Você me custou muita coisa. Acho que não é egoísmo da minha parte querer algum sacrifício em troca.

– Acha que não me custou nada? Jurei nunca mais tocar em outra mulher.

– Um requisito mínimo para um casamento, penso eu.

– Sou o primeiro membro da família DeSantis a se casar por outra razão que não a vantagem política. – Enfim, um argumento que suscitou alguma reação em Bailey, que causou uma mudança em sua expressão. – Quebrei séculos de tradição me casando com você. Com uma mulher que não tem nenhuma conexão que possa beneficiar Santa Firenze. Fiz isso por nosso bebê. Sim, poderia tê-la mantido em segredo. Poderia compensá-la com uma quantia exorbitante em dinheiro, mas não era isso que eu queria. Desejava meu filho aqui. Comigo.

– E eu? – perguntou Bailey com um fio de voz.

Raphael deixou o vestido cair no chão e fechou a distância entre eles, fitando-a nos olhos. Quando Bailey desviou o olhar, ele segurou o queixo dela para que o encarasse.

– Não tive outra mulher desde que a conheci. Quando terminei nosso relacionamento, esforcei-me para me concentrar em Allegra. Nós nunca tivemos uma ligação forte. Não tínhamos quase nada em comum. Embora Allegra e a família viessem me visitar nos feriados, nós dois nunca nos dispusemos a passar algum tempo juntos. Em outras palavras, Allegra era a mulher ideal.

– Como pode chamar de ideal não desejar sua esposa?

– O ideal é não considerar sua esposa uma... uma distração. Eu pensei... de fato esperava que, quando terminasse o relacionamento com você, seria capaz de sentir desejo por Allegra. Afinal, ela seria minha esposa e passar a vida desejando outra mulher era inconcebível.

– E conseguiu? – perguntou Bailey com um ar esperançoso, quase cômico.

– A primeira vez que a vi depois que terminei nosso relacionamento, estava determinado a beijar Allegra. – Raphael limpou a garganta. – Um beijo de verdade e não apenas um roçar de lábios na testa, como eu fazia. Mas quando a vi... Não consegui. Era a sua imagem que vinha à minha mente. Todas as vezes que via uma mulher de cabelo louro de costas, desejava que, quando ela se virasse, fosse você. Eu a desejo à loucura. E esse desejo é um inconveniente.

– Então não sou uma parte insignificante desse pacote?

– Acho que não fui totalmente sincero quando disse que não me casei com você para obter alguma vantagem. Ontem, vendo você cruzar a nave da igreja na minha direção, percebi que a sua força será um ganho para mim e para este principado. Trabalhou duro para conseguir o que conquistou e não conheço muitas pessoas que possam dizer o mesmo.

– Você trabalha duro.

– Sem dúvida – concordou ele. – Mas herdei isso tudo. É diferente.

No instante em que as palavras transpuseram os lábios de Raphael, ele percebeu o quanto eram verdadeiras. A confiança e o poder que possuía foram construídos sobre um legado que recebeu pronto. E para tornar aquela herança efetiva, o pai lhe passou sua confiança e arrogância também.

Moldou-o com perfeição. Ensinou-lhe de todas as formas que não havia nada que Raphael não pudesse ter, ao mesmo tempo em que lhe demonstrava que nada era mais importante do que o principado.

– O que é mais admirável em alguns aspectos – argumentou Bailey. – Quando não temos de nos esforçar para conseguir alguma coisa, geralmente não lhe damos valor. Seria fácil para você se sentir menos obrigado ao seu principado, já que chegou à posição em que se encontra sem o menor esforço. A meu ver, essa sua dedicação tem ainda mais valor.

– De repente encontrou palavras gentis para se referir a mim? Por favor, diga-me que não bateu com a cabeça, ontem à noite.

Bailey sorriu, com uma expressão travessa que o fez experimentar uma pontada no peito. Era estranho, e nada desagradável, ter um momento em que Bailey não o estivesse antagonizando. Até então, tentou dizer a si mesmo que não se importava, que o que mais o incomodava era permanecer celibatário.

Forçou-se a acreditar que não sentia falta da companhia de Bailey, mas sim de seu corpo. Que o relacionamento que tiveram no Colorado não passou de uma farsa. Uma experiência diferente em estar com uma mulher que não tinha noção de quem ele era, em interagir com Bailey como se fosse um homem normal.

Mas o sorriso da mulher que agora era sua esposa o aquecia por dentro de uma forma que era difícil crer em tudo que preferiu acreditar.

Queria fazer algo por Bailey, mas não imaginava o quê. Casou-se com ela. Tornou-a sua princesa. Não sabia o que seria mais importante do que aquele gesto. Talvez uma lua de mel.

– Já esteve em Paris? – perguntou ele.

– Não – respondeu Bailey. – Mas ainda não tenho um passaporte.

– Você é a princesa de Santa Firenze. Seus documentos serão providenciados pelo palácio. – Raphael observou o rosto da esposa corar, o entusiasmo evidente. – Gostou da ideia de ir para Paris?

– Claro que sim. Quem não gostaria? Sempre sonhei em conhecer aquela cidade, mas nunca pensei que seria possível. Minhas fantasias se limitavam a me manter acima da linha de pobreza, arranjar um bom emprego. Viagens pelo mundo não faziam parte do pacote.

– Mas viagens pelo mundo são essenciais na descrição de suas funções agora.

– Sorte a minha – retrucou ela. – E não estou sendo sarcástica.

– Sem sarcasmo? – perguntou ele, em tom zombeteiro. – É impressionante que não tenha batido com a cabeça.

– Está me proporcionando uma viagem a Paris – disse Bailey. – Devo-lhe no mínimo um pouco de sinceridade.

Raphael experimentou um aperto no peito. Não sabia ao certo por que, mas sentia uma estranha apreensão desabando sobre seus ombros como uma capa pesada.

– Não precisa me agradecer tanto. Mas tenho de comunicar aos empregados sobre nossos planos para que possam fazer suas malas.

– Vamos agora?

– Paris já esperou por tempo suficiente.

CAPÍTULO 11

A PRIMEIRA visão da cidade deixou Bailey sem fôlego. Tudo era tão antigo. Percebera o mesmo em Santa Firenze. Talvez fosse uma observação estranha, mas nos Estados Unidos tudo era relativamente novo, o que ficava mais evidente no Oeste. Não refletiam aquele tipo de história, embutida em cada tijolo, encravada nos ornamentos elegantes esculpidos na pedra.

A arte e a história caminhavam lado a lado como seres vivos, tornando a arquitetura e até mesmo a atmosfera que os circundava mais valiosa.

Os dois cruzavam de carro uma estrada que margeava o Sena, a água acinzentada refletia as nuvens acima, a fileira de prédios, as velhas igrejas e museus do outro lado como uma parede impenetrável.

A cobertura que Raphael reservou para ambos exalava suntuosidade em todos os detalhes que compunham os cômodos. Havia uma mesa de pães e queijos os aguardando, bem como uma garrafa de champanhe da qual Bailey não podia desfrutar.

A suíte era algo soberbo e possuía um closet lotado de roupas. Belos trajes que, segundo Raphael a informou, um estilista havia providenciado especialmente para ela.

Entre os vestidos, encontrou um, de seda esvoaçante verde, que sem dúvida denunciaria sua gravidez.

– Quando devo usar este? – perguntou ela, escorregando os dedos pela maciez do tecido.

– Esta noite – retrucou Raphael em tom indiferente.

– Não sabia que tínhamos planos para esta noite.

– Haverá um jantar e uma exposição de arte privativos no Musée d'Orsay. Achei que gostaria de ir. Pensei também que o homem que está promovendo o evento ficaria encantado com a presença da realeza, mesmo tão em cima da hora. O que pude confirmar. Espero ter acertado em relação a você, também.

A expressão de Raphael era sincera e o tom esperançoso. Era tão... tão incomum perceber algum tipo de insegurança nele. Mas foi isso que Bailey reconheceu. Assim como naquela manhã, após a noite de núpcias. Era como se ele estivesse apreensivo por julgar ter passado dos limites, e foi reconfortante percebê-lo capaz de tal preocupação.

Raphael não estava se cobrindo com o véu da arrogância a cada oportunidade. Ao menos não naquele dia.

– Claro que quero ir. Um belo vestido, comida deliciosa, obras de arte famosas. Como não gostar?

Um sorriso lento curvou os lábios do marido, enquanto ele assentia com um gesto de cabeça.

– Sim. Tem razão.

– Temeu que eu não gostasse de um belo vestido e uma noite privativa em um museu?

– Estou sempre perdido no que se refere a você – respondeu ele, sem conseguir disfarçar a frustração. – Pensei que iria se ajoelhar aos meus pés, agradecida, quando disse que me casaria com você, que reconheceria a honra que lhe concedi quando visse o meu palácio. Mas até agora, não se mostrou nem um pouco impressionada.

– Não é com você que não estou impressionada – respondeu ela. – E sim com os bens materiais.

– Esses bens materiais a que se refere fazem parte de mim.

Bailey franziu o sobrecenho, dando um passo na direção dele. Em seguida, esticou o braço e pressionou a palma de uma das mãos na lateral do belo rosto do marido.

– Como é possível? Não o conhecia antes de saber que tinha tudo aquilo?

– Era diferente.

O coração de Bailey contraiu-se dentro do peito.

– Sim – concordou. – Era diferente.

A diferença residia no fato de que foi sincero da parte dela e uma farsa para Raphael. Porque imaginou que teriam um futuro, enquanto ele sabia que aquele relacionamento não iria adiante.

– Teremos de sair daqui a duas horas.

– Acho que quero dar uma volta... Quero dizer, talvez fazer uma caminhada. Apenas por uma hora.

Raphael franziu a testa.

– Não pode fazer isso.

– Estou em Paris. Gostaria de conhecer os arredores. – E precisava colocar alguma distância entre ela e Raphael para poder respirar. Era difícil estar sob a influência daquele homem. Ele era opressivo. Bailey estava tentando encontrar o limite entre se proteger e se sacrificar.

Não pretendia construir uma barreira entre ambos, mas sem dúvida precisava erguer algumas defesas.

– É um membro da família real. Não pode sair caminhando pelas ruas, sozinha.

– Acha que alguém me reconheceria?

– Seu rosto está estampado em todas as manchetes do momento, *cara*. Acho que seria reconhecida no instante em colocasse seus pés fora do hotel.

– Então, acho melhor começar a me preparar – disse Bailey, em tom monótono. – O que mais eu poderia desejar fazer em Paris, senão me maquiar?

– Como a maré muda de repente! – exclamou Raphael com expressão severa. – Não estou tentando arruinar sua vida e sim ser realista.

– Está bem – disse ela, com a testa franzida e um suspiro profundo. – Desculpe. Acho que estou sendo insensata. Vou me arrumar.

Quando Bailey terminou, estava na hora de partirem. Observando o próprio reflexo no espelho, concluiu que a gravidez ficava evidente.

– Espero que esteja preparado para o fato de divulgarmos minha gravidez esta noite – disse ela, entrando na sala de estar da cobertura.

Raphael ergueu o olhar do jornal, parecendo pasmo.

– Oh – limitou-se a dizer. Mais um ruído do que uma resposta.

– O que isto significa? – Ele se ergueu, fechou a distância que os separava e estacou diante dela, sem tocá-la. – Ora, vamos, diga alguma coisa, senão voltarei para o quarto e vestirei minha calça de moletom.

– Não. Não voltará – respondeu ele, com expressão determinada. – Está perfeita. Como uma joia que ganhou vida.

– Não tive a ajuda de um maquiador esta noite – continuou ela, pressionando para ouvir mais elogios, porque o que acabara de ouvir a aquecera da cabeça aos pés. – E –

acrescentou, erguendo a mão para brincar com um dos cachos do cabelo – eu mesma me penteei.

– Ficou ótima.

Raphael inclinou a cabeça e depositou um beijo na testa dela. Era estranho aquele gesto de afeição, destituído da sexualidade que permeava todos os beijos que trocavam.

Mas em seguida ele se apossou de seus lábios com um beijo que refletia todo o desejo carnal costumeiro e muito mais.

– Temos de ir – disse ele. – Ou lhe arrancarei esse vestido e nunca chegaremos ao museu.

– Todos saberão que estou grávida – provocou ela. – Não disse nada sobre isto.

– Tenho orgulho desta gravidez. De você ser minha esposa e estar esperando um filho meu. Fico feliz em mostrar isto para o mundo.

– Resposta certa – retrucou ela, colocando-se nas pontas dos pés para beijá-lo.

– Sempre existe uma primeira vez para tudo – disse Raphael, em tom brincalhão.

De alguma forma, conseguiram chegar ao museu com a maquiagem de Bailey intacta, o que foi um milagre, já que Raphael se incumbiu de beijá-la durante todo o trajeto de carro. O museu era deslumbrante. Uma sala de jantar com mesas ornadas com grandes buquês de flores foi providenciada.

Homens usando ternos pretos e mulheres trajadas com vestidos de gala em uma variedade de tons circulavam pela sala, conversando e observando as várias obras expostas.

Os *hors d'oeuvres* que estavam sendo servidos pareciam apetitosos, mas Bailey mostrou-se mais interessada em admirar a arte.

Conseguiu se livrar de uma mulher que a segurou logo à entrada, ávida por conhecer a princesa e que tentava fazer com que Bailey comentasse sobre sua condição. Era estranho ser o centro de qualquer tipo de atenção.

Apenas algumas semanas atrás, não passava de uma garçonete. Agora era uma princesa. Uma convidada de honra. Aquilo foi suficiente para fazer sua cabeça rodar. E procurar por um momento de tranquilidade, sozinha consigo mesma.

Bailey encaminhou-se à ala do museu que exibia as esculturas. Vagou pelas belas figuras de mármore, admirando a expressividade nas feições. Não eram frias, apesar de encravadas na pedra lisa branca. Na verdade, parecia que a qualquer momento ganhariam vida.

Bailey estacou diante da estátua de uma mulher ajoelhada, uma das raras figuras femininas vestida.

– Aqui está você.

Ao girar, ela se deparou com Raphael caminhando em sua direção. O coração de Bailey deu uma cambalhota no peito. Ele estava estonteante naquele smoking. Deveria se vestir sempre daquela forma. Ou andar nu.

– Está se identificando com a situação de Joana D'Arc?

Bailey baixou o olhar à pequena plaqueta na base da escultura.

– Acho que sim.

– Seu martírio é imensurável.

– Às vezes, sinto-me assim.

– É uma criatura muito corajosa, Bailey Harper.

– Para você, sou princesa Bailey DeSantis – retrucou ela, mantendo o tom irônico.

– Peço-lhe desculpas pelo grave erro. – Raphael aproximou-se mais ainda. – Está gostando da exposição?

– Sim. Nunca vi algo parecido. Quero dizer, estive em museus antes, mas nada comparado com estas obras de arte. É tudo tão... soberbo.

– Este é o único andar que está aberto aos convidados esta noite.

– Eu sei.

– Mas providenciei para que possamos visitar os andares de cima. Acho que gostará de ver as obras de Manet.

Bailey dirigiu o olhar ao marido. O coração batendo acelerado.

– Adoraria. Mas não está aberto.

– Sou o príncipe Raphael DeSantis – disse ele. – As regras dos meros mortais não se aplicam a mim.

Bailey não conseguiu suprimir uma risada.

– Desculpe... mas, às vezes, esqueço que estou casada com um semideus.

– Ora, você feriu meu orgulho. Apenas um semideus?

– Desculpe. Júpiter reencarnado.

– Melhor assim. – Ele estendeu a mão. – Vamos?

Os dois subiram em um elevador e depois foram guiados por uma escadaria até um andar imerso em silêncio, acima da atividade que acontecia andares abaixo. Não havia nada além de blocos de paredes negras dividindo o espaço amplo. Mas o cenário fora montado para que o show ficasse por conta das obras de arte lá expostas.

Raphael permaneceu em silêncio enquanto vagavam diante das telas e Bailey parava para ver as pinturas. Por mais estranho que parecesse, quando passaram em frente a uma tela que exibia uma mulher nua em uma cena de piquenique, com vários homens vestidos, ela se identificou com a figura feminina. Descoberta para que todos vissem, enquanto seus acompanhantes estavam vestidos. Deslocada, onde todos pareciam se adequar.

Lágrimas empossaram-se nos olhos de Bailey.

Uma delas lhe escorreu pelo rosto e ela tentou limpá-la antes que Raphael percebesse.

– O que há de errado? – perguntou ele.

– Nada – respondeu Bailey com um nó na garganta. – É que... este quadro é lindo. É muito mais do jamais pensei que teria. Este momento parece perfeito e não consigo acreditar que algo vai acabar dando errado. – Era como se uma tempestade de raios e trovões desabasse sobre a alma de Bailey. Encontrava-se naquele lugar mágico, que sempre quis conhecer. Um lugar que só imaginou em seus mais ousados sonhos, com um homem que transcendia a fantasia. Um homem que ela nem ao menos sabia que estava esperando, que nunca imaginou poder ter. Ela era... uma princesa. E em breve seria mãe. De repente, encontrava-se em uma vida em que nunca se imaginou, uma realidade que mal acreditava estar vivendo. – E se eu acordar e tudo não passar de um sonho? – sussurrou.

Posicionado atrás dela, Raphael passou as mãos pelos ombros delicados, deixando-as escorregar até os braços expostos de Bailey e a recostando contra o corpo. Em seguida, inclinou a cabeça para a frente e sussurrou contra o pescoço aveludado:

– Isto parece um sonho?

– Não – respondeu ela, com voz trêmula agora.

– E por que estava pensando que era um sonho?

– Porque eu costumava ter uns sonhos vívidos quando criança. Eu ia dormir com fome e frio e sonhava a noite toda que me encontrava em algum lugar aquecido. Esperando o jantar. E depois, acordava com a mesma fome com que havia me deitado e chorava. Porque aquilo não era real. Foi quando percebi que sonhar não era o suficiente, porque os sonhos não eram reais. Não são. – Ela engoliu em seco. – Quando o conheci... Foi a primeira vez que me permiti sonhar desde que era criança. Apenas para acordar e perceber que você era tão real quanto aqueles sonhos infantis. E descobri que ainda estava com fome. – Bailey forçou um sorriso. – Agora estou aqui. E é tão difícil acreditar que não acordarei outra vez para descobrir que nada disto existiu.

Raphael escorregou os braços em torno cintura dela. As mãos longas se espalmando no abdome abaulado.

– Estou aqui – disse ele, determinado. – Sou seu marido. Fiz promessas a você diante do altar e as manterei.

Bailey anuiu, incapaz de fazer com que as palavras transpusessem o nó na garganta.

– Isto é lindo – disse ela, por fim, limpando outra lágrima. – Tão lindo que me fez chorar. Tão perfeito... que mal consigo acreditar.

Em seguida, girou de frente para Raphael. O rosto do marido era outra obra de arte entre as expostas naquele salão. E então Bailey percebeu que pertencia àquele homem. Agora e para sempre. Que não havia nenhuma autoproteção a encontrar e nunca houve.

Amava-o com toda a força de seu ser.

– Acha que está preparada para descer para o jantar?

– Sim – respondeu Bailey.

Os dois começaram a se encaminhar à escadaria, mas Bailey estacou diante de um relógio gigantesco, construído em uma janela que dava vista para a cidade.

A iluminação dos prédios lançava um brilho dourado no rio. Bailey aproximou-se para ver a paisagem, inclinando-se contra a balaustrada construída para manter as pessoas a uma distância segura do vidro.

– Ainda está pensando que não despertou de um sonho? – perguntou Raphael, aproximando-se.

– Não sei se isto pode parecer real para alguém, não importa a origem.

– Uma exposição de arte privativa? Uma das mais belas paisagens do mundo? Isto tudo parece muito real para mim. Mas você... você parece ser um sonho.

Bailey girou o rosto para fitá-lo, com o coração martelando as costelas.

– Eu? Achei que eu estivesse mais para um pesadelo.

– Bailey – disse Raphael e, não pela primeira vez, ela sentiu o impacto daquele nome tipicamente americano pronunciado com o sotaque polido. Mas o marido o fazia soar sexy e nunca ninguém havia conseguido aquele feito.

Raphael pressionou uma das mãos entre os ombros dela, deixando os dedos escorregarem para baixo até encontrar a curva perfeita das nádegas firmes.

A respiração de Bailey tornou-se ofegante enquanto ele a tocava de maneira cada vez mais íntima. Algo no contato da mão quente contra o tecido da seda aumentava a sensibilidade da pele de Bailey.

Raphael inclinou-se para perto e pressionou um beijo na lateral do pescoço dela.

– Juro que não há nada de irreal nisto.

Bailey fechou os olhos, mas em seguida se forçou a abri-los. A mantê-los na paisagem incrível, enquanto ele começava a fechar a mão sobre a seda verde e puxar o tecido do vestido para cima.

Um ofego escapou da garganta dela, quando o ar frio lhe atingiu a pele e a mão longa se espalmou em suas nádegas.

Em seguida, Raphael introduziu os dedos entre as coxas aveludadas margeando o tecido da calcinha.

– Raphael – sussurrou ela. – Alguém pode entrar.

– Ninguém tem permissão para subir aqui. – Ele moveu os dedos para a frente, roçando o ponto sensível na junção das coxas de Bailey. – E mesmo que tivesse, eu ordenaria que saíssem.

– Mas nos veriam de qualquer forma.

– Que vejam – retrucou ele em tom firme e autoritário. – Você é minha mulher.

Algo naquela afirmação afetou-a em um nível visceral. Raphael já havia se referido a ela como sua mulher e se proclamado seu marido, mas agora era diferente. Algo no tom da voz grave refletia uma possessividade que transcendia o que atestava a certidão de casamento.

Bailey deixou escapar um suspiro trêmulo enquanto ele continuava a acariciá-la.

– Está... falando sério?

Raphael envolveu-a nos braços e ergueu o queixo dela. O antebraço apoiado sobre o peito de Bailey, enquanto a mantinha cativa.

– Minha palavra é lei – afirmou, arqueando os quadris para fazê-la ciente do estado de excitação em que se encontrava.

– Claro que sim. Mas… mas preciso saber.

– O que precisa saber, *cara*?

– Sou sua mulher? Ou um fardo? Um dever?

Raphael hesitou por uma fração de segundo.

– Tudo que tenho me foi passado por herança. Esse é meu dever. O que me foi dado. O que herdei. Mas você… Escolhi você.

Um alívio imenso abateu-se sobre Bailey. As lágrimas empoçando os olhos dela. Não podia suportar o pensamento de ser um fardo nos ombros de Raphael. Não depois do que sempre ouviu da mãe.

Raphael a *escolheu*.

Por um momento, ele a segurou com força, acariciando-a até que Bailey estivesse lutando por ar. Até que não pudesse distinguir as luzes da cidade que brilhavam diante dela. Tudo se fundia em uma nódoa brilhante que mais parecia um trabalho de arte impressionista.

Bailey segurou-se com força na balaustrada para não despencar no chão. No momento seguinte, os dedos hábeis foram substituídos pela ereção de Raphael.

– Incline-se para a frente – ordenou ele, enquanto espalmava uma das mãos na altura do estômago de Bailey e puxava seus quadris para trás. Com a mão livre, a segurou no lugar com firmeza e se posicionou para penetrá-la.

– Não podemos fazer isto aqui – disse ela, o sussurro reverberando no silêncio sepulcral do salão de exposição.

– Você quer fazer? – perguntou ele, investindo um pouco mais dentro dela.

Bailey abaixou a cabeça. O prazer avolumando-se em seu íntimo.

– Sim – disse, estremecendo.

– Então podemos fazer.

Sem acrescentar mais nada, Raphael enterrou-se dentro dela. Um gemido rouco escapando da garganta quando a preencheu por completo. Em seguida, girou o rosto de Bailey para o lado e a beijou enquanto investia dentro dela em um ritmo lento, planejado para levá-la à loucura. Raphael mantinha-a à margem do abismo, fazendo-a experimentar pequenos espasmos de prazer que prometiam se transformar em convulsões, enquanto ele ficava firme no controle.

Bailey começou a mover os quadris para trás, encontrando os dele a cada investida para acentuar o prazer, para incitá-lo a aumentar a velocidade e a força com que a penetrava. E quando aqueles sutis estímulos não o fizeram acelerar o ritmo, ela recorreu às palavras até vê-lo estremecer e começar a perder o controle.

As mãos longas pareciam grilhões contra a pele sensível de Bailey, enquanto ele se movia, frenético, dentro dela. Raphael dizia palavras ásperas e entrecortadas, em um idioma que ela desconhecia. O hálito quente contra o seu pescoço, enquanto ele fazia promessas que o corpo de Bailey entendia mesmo que o cérebro não conseguisse alcançar.

Com um dos braços pressionados no peito de Bailey e os dedos lhe segurando a base do pescoço, ele escorregou a outra mão entre as coxas macias para lhe estimular o centro do prazer.

– Por favor – rosnou ele com um tremor na voz que refletia o do corpo. – Por favor. Não posso aguentar por mais tempo.

O desespero naquela súplica funcionou com um dispositivo que abriu a comporta do prazer, levando-a em enxurrada. Bailey atingiu um clímax alucinante. Um grito gutural escapou-lhe da garganta, enquanto os músculos internos se contraíam em torno da ereção.

Raphael a segurou firme. Com mais duas investidas os músculos do corpo forte se retesaram e um som rouco reverberou pelas paredes do museu. Uma nova adição à galeria que continha tanta beleza. Agora contava também com o que acabara de acontecer. Com eles.

Cercados por tanta história, tudo parecia ainda mais real. Dava a impressão de que talvez aquilo não fosse apenas um sonho.

Enquanto Raphael a mantinha colada ao corpo esperando para que os espasmos do clímax abrandassem, ocorreu a Bailey que não havia a menor possibilidade de ela estar sonhando. Não seria capaz de conjurar do nada o que acabaram de compartilhar. Não possuía tal capacidade. A vida de privações e negligência não lhe permitiria sonhar com algo tão grandioso.

E não tinha nada a ver com Paris, ou com a elegância do vestido que estava usando, ou mesmo com o fato de ele ser o mais belo homem que já conhecera. E sim por ser Raphael. Por sentir a pressão quente do peito largo em suas costas, a força com que aquele homem a segurava, fazendo-a ciente de sua força e ao mesmo tempo a deixando tão segura.

– Ainda quer descer para o jantar? – perguntou ele, desencaixando os corpos de ambos e puxando o vestido dela para baixo, antes de a girar para que o encarasse e afastar uma mecha de cabelo louro para trás da orelha delicada. Em seguida, limpou a mancha de batom sob os lábios carnudos de Bailey.

– Temos outra opção? – perguntou ela, soando tão trêmula quanto se sentia.

– Talvez possamos fazer aquele passeio pela cidade?

Raphael guiou-a, apressado, pela porta dos fundos do museu, com uma atitude de comando que impedia qualquer pessoa de detê-los. O modo como a segurava era tão possessivo e protetor que Bailey se viu extasiada por pertencer àquele homem. Por se sentir importante para ele.

– Vai chamar seu motorista?

– Não – respondeu ele. – Vamos caminhar.

Raphael soltou-a para lhe dar a mão, assim como fez naquela última noite em Vail, pouco antes de lhe partir o coração. Aquele gesto simples e afetuoso, que na ocasião significou tanto para Bailey, agora lhe causava um impacto ainda maior.

As ruas ainda estavam cheias de gente mesmo àquela hora, enquanto os dois caminhavam pela calçada. Bailey tinha a impressão de que pareciam deslocados. Ela com um sobretudo preto longo e o vestido verde de noite e ele de smoking enquanto caminhavam à margem do rio.

Bailey ergueu o olhar e prendeu a respiração ao se deparar com a Torre Eiffel toda iluminada a uma curta distância.

– Nunca pensei que fosse ver essa maravilha de perto – disse ela.

– A Torre Eiffel?

– É surreal. Eu a vi em tantos filmes... e aí está ela. Diante de mim.

– Então acho que vai gostar do que planejei fazer a seguir.

Bailey amou. Os dois entraram em uma aconchegante cafeteria em frente à torre, do outro lado da rua. A base, visível da mesa reservada que ocuparam. Tomaram café e comeram sanduíches simples de pão, queijo e presunto que tinham um gosto comum. Em nada se comparariam ao jantar delicioso e sofisticado que teriam no museu, mas aquela refeição frugal significava muito mais. Significava tudo.

As horas passaram como se fossem meros minutos e chegou o momento de retornarem ao hotel. Era tarde agora e os pés de Bailey doíam, mas ela não queria ir de carro. Desejava continuar andando. Estender aquela noite para sempre. Existir naquele momento, com o homem que Raphael se mostrava agora. Ele havia baixado a guarda e Bailey queria que permanecesse assim.

Ainda assim, não demorou muito e os dois estavam de volta à suíte da cobertura. Mas Bailey logo percebeu que a noite ainda não havia terminado. Raphael demorou quase tanto tempo para despi-la quanto ela levou para se vestir, horas antes.

Quando ele a deitou sobre o colchão macio, dedicou-se a saborear cada centímetro do corpo de Bailey. Em seguida, explorou todos os pontos sensíveis com as mãos e a língua, mantendo-a sempre à margem do êxtase.

Ambos atingiram o clímax ao mesmo tempo, com as imagens do que fizeram no museu e no tempo que passaram juntos no Colorado espiralando na mente de Bailey. Todos aqueles momentos vividos compunham um cenário real ainda mais belo do que os sonhos e tudo em que ela podia pensar eram nas palavras que não conseguiu reprimir.

– Eu te amo.

* * *

Algum tempo depois, enquanto ela dormia, Raphael se encontrava parado na varanda da suíte da cobertura, observando a cidade iluminada sob o céu escuro.

Fechou os dedos com força contra a balaustrada. As palavras de Bailey reverberando em sua mente.

Raphael não havia respondido e ela pegara no sono logo depois, mas seria necessário dizer algo. Ainda assim, não poderia dar a resposta que ela desejava.

Se havia aprendido algo de tudo que os pais lhe ensinaram sobre a regência era que não poderia haver maior apego na vida de um príncipe do que aquele que tinha pelo principado. Pela causa.

Claro que um homem podia gostar e tratar bem a esposa e os filhos, mas o amor genuíno deveria ser reservado aos cidadãos sob sua regência, à terra e aos prédios de pedra antigos, à história familiar. O amor era algo como o patriotismo e não o tipo de sentimento a que Bailey se referia. Ao menos, em seu mundo.

O amor era mantido a distância. Servia para os outros, nem sempre para aqueles mais próximos. O pai sempre deixou essa condição clara nas normas que estabeleceu e no tempo limitado que dedicava à companhia da esposa.

Como membro da realeza, o amor não era algo pessoal, mas generalizado, que se disseminava por tudo que estivesse sob sua regência.

Podia se expressar com mais parcimônia para aqueles sobre o próprio teto. Não do modo como era mostrado em filmes e séries de televisão. Um regente manifestava seu amor pelos súditos ao atender às suas necessidades e o pai sempre fez o mesmo por Raphael e a esposa.

O pai faleceu, mas deixou seus ensinamentos.

Mas ainda assim, teria de dizer algo a Bailey.

Poderia repetir as palavras dela. Nada lhe custaria.

Raphael sentiu uma pressão no peito. Nunca declarou seu amor a ninguém e a ideia de começar agora não o agradava, ainda mais quando seria apenas para não a melindrar.

Não, deveria haver outra solução.

Raphael retirou o telefone celular do bolso, enquanto formulava um plano na mente. Discou o número do palácio em Santa Firenze.

– Quero que enviem presentes à suíte em que estamos em Paris, logo pela manhã. Um colar de diamantes e flores suficientes para lotar toda a suíte, além de um lauto café da manhã. Os melhores croissants que puderem encontrar, carne, queijo e bebidas dignas de uma princesa, mas que não contenham álcool.

Raphael interrompeu a ligação, girou e observou as portas que davam para a suíte. Aquilo seria suficiente. Podia fazê-la feliz, tinha certeza. Era um homem com poder quase ilimitado e as contas bancárias recheadas. Daria tudo que Bailey desejasse.

Lembrou do momento em que ela observava as obras de arte e começara a chorar de felicidade. Sim, podia continuar lhe proporcionando momentos como aquele. Mantê-la feliz, no sonho do qual Bailey temia acordar. Não precisaria acordar. Providenciaria para que ela vivesse em um mundo de fantasia.

Ao seu lado, Bailey nunca sentiria fome ou frio. Não teria um só de seus desejos insatisfeito.

Desde que não continuasse a pedir seu amor.

CAPÍTULO 12

QUANDO BAILEY acordou na manhã seguinte, Raphael não se encontrava na cama. Algo a incomodava, mas ela não sabia lembrar o que era. Levantou-se e vestiu uma das camisolas de seda que se encontravam no closet. Havia dormido nua. Para ser sincera, era inútil vestir-se quando dormia com Raphael.

Mas assim que colocou o pé para fora do quarto, estacou, chocada. Rosas vermelhas encontravam-se espalhadas por todos os lados. Era como se estivesse fazendo parte da cena final de uma comédia romântica.

Bailey penetrou na sala de estar, percebendo a bandeja pousada sobre a mesa de centro diante do sofá, com uma cafeteira francesa repleta de café e uma miríade de iguarias. Sentiu o estômago roncar. Um som bem-vindo após acordar durante tantas manhãs se sentindo nauseada.

Ainda assim, algo continuava a incomodá-la.

Mas decidiu que tentaria descobrir enquanto saboreava alguns *pain au chocolate*.

– Está acordada – disse Raphael, entrando na sala com uma caixa de joias larga e plana em uma das mãos.

– Sim, estou. O que está acontecendo? A não ser que encomendar toneladas de flores e iguarias seja algo rotineiro para você. O que considero meio que uma tradição exagerada.

– Tudo para você, *cara*. – Raphael aproximou-se, erguendo a caixa de joias. – E isto, também.

Dentro da caixa encontrava-se a joia mais extraordinária que Bailey já vira. Um colar brilhante e ornado, composto de fios delicados trançados e polvilhados de gemas, que pareciam gotas de orvalho. E no centro, um grande diamante em forma de lágrima.

Naquele momento, Bailey se recordou. Na noite passada, havia dito que o amava e Raphael nada respondeu.

Aquela era... aquela era a resposta do marido, pensou ela olhando ao redor da sala.

– Isto é... demais – disse ela.

– Nada é demais para você – retrucou Raphael, em tom sincero como se estivesse lhe dirigindo o maior dos elogios.

– Obrigada – respondeu ela, esperando por... não sabia o que estava esperando. Raphael não declararia seus sentimentos. Não naquele dia. E talvez não fosse sensato esperar que ele o fizesse. Talvez tivesse apenas de ser paciente.

– Não parece muito satisfeita.

Raphael aproximou-se, estendendo a caixa de joias na direção dela.

– Estou – afirmou Bailey, aceitando a caixa. – Quem não estaria com diamantes e tudo isto? – disse, gesticulando ao redor.

– Quer colocar o colar agora?

– Não, obrigada. Ainda estou vestindo o pijama. Acho que ficaria um pouco ostentoso, certo?

– Pode ostentar à vontade – retrucou ele.

– Esta é uma permissão perigosa. Não tem ideia do uso que farei dela.

– Agora me deixou curioso. Espero ver grandes ostentações de sua parte em um futuro próximo.

– Farei o possível para atender às suas expectativas.

– Estamos estampando as notícias de todos os jornais esta manhã – comentou Raphael de modo casual. – Como você previu.

– Oh – disse ela, com uma careta. – E o que dizem?

– Algumas publicações ousaram ser maliciosas a ponto de insinuarem que me vi forçado a me casar com você. Mas outras se ativeram à forma apaixonada como você olhava para mim, na festa, ontem à noite. E outros ainda preferiram publicar fotos de nós dois na cafeteria, sugerindo que preferimos ficar invisíveis em uma cafeteria comum por gostarmos da companhia um do outro e não apenas para atrair a atenção da mídia.

A informação fez o coração de Bailey contrair-se dentro do peito e a levou a imaginar qual seria a verdadeira motivação que o levara a optar por um passeio pela cidade. Teria sido uma atitude calculada e não espontânea como parecera? Ela trincou os dentes, afastando o pensamento da mente. Não importava. O que aconteceu no museu, diante do relógio, com a cidade abaixo, foi apenas para os dois.

Deveria ter algum significado.

Sim, significava que ele queria fazer sexo.

Não, foi mais que isso. Tinha certeza.

– Fico feliz que tenhamos nos saído bem como relações públicas – comentou ela, mantendo o tom de voz neutro. Ainda estava decidindo como lidaria com tudo aquilo.

Ou melhor, com o fato de ter confessado que o amava e Raphael ter respondido com a aquisição de todos aqueles mimos.

– Se temos de estampar as manchetes, é melhor que sejam favoráveis.

– Oh, sim. Esqueci que considera tudo isso inferior à sua posição.

– É uma distração – disse Raphael.

– De quê?

– Do trabalho verdadeiro. A glória deveria estar em reger um principado e não na pessoa do príncipe em si.

– Ora, uma fala interessante vinda do homem mais arrogante que já conheci.

Raphael deu de ombros.

– Talvez me veja como uma pessoa arrogante. Mas a meu ver, não trará nenhum benefício ao meu principado ver seu regente como um homem que não tem a mínima confiança no que faz. Que razão teriam para acreditar em mim se me faltasse autoconfiança?

– Bem, às vezes é uma demonstração de força pedir ajuda.

– Não, essa é uma mentira com que os impotentes se iludem. Pessoas não querem admitir a própria fraqueza, quando se encontram desesperadas. Não as culpo. Em face do desespero, as pessoas devem tomar a atitude que lhes convém. E acho que isso requer força, mas eu não estou desesperado. Nem agora, nem nunca. Essa foi a forma de regência do meu pai. E ele criou um principado forte, que suportou uma crise financeira internacional e a guerra, sem se deixar influenciar por nenhuma das duas. Por que deveria mudar essa situação?

– Tem razão – disse ela, absorvendo aquelas palavras e as analisando. Era óbvio que, para Raphael, demonstrar fraqueza de qualquer tipo era prejudicial não só a si mesmo com a todo seu principado. Era difícil para ela argumentar. O máximo que tivera sob sua responsabilidade fora um peixe dourado. Como poderia saber?

– O povo do meu principado confia cegamente em mim. – Raphael baixou a voz, fitando-a com um brilho diferente nos olhos negros. – Você também pode confiar.

As palavras de Raphael a aqueceram por dentro, a confortaram. Após uma manhã se sentindo insegura, aquela afirmação era tudo que precisava ouvir. Bem, ao menos na ausência de um "eu a amo".

– Se está dizendo.

– Sim, minha palavra é lei.

– Oh, Raphael – começou ela, erguendo-se e espalmando uma das mãos no peito largo, a emoção guiando seus atos. – Eu o amo de verdade.

Bailey sentiu-o enrijecer sob o seu toque, mas não se importou. De repente, soube que atitude tomar.

Raphael podia não a amar ainda. Mas a *escolheu*. Ele mesmo disse. Então, iria se conformar em amá-lo. Não lhe restava alternativa. Recusava-se a manter aquele sentimento guardado dentro dela. Aquilo a faria sofrer mais do que ser sincera.

– Fez alguma lista dos lugares que quer visitar hoje? – perguntou Raphael.

Apesar da pontada de dor no peito, Bailey manteve o sorriso estampado no rosto.

– Por que não me surpreende?

Raphael gostou da resposta. Era evidente na expressão daquele belo rosto. Um gesto de confiança, a admissão de que ele era capaz de se antecipar aos seus desejos com perfeição.

– Isso – disse ele – é algo que posso fazer.

A SEMANA em Paris passou voando e, quando retornaram ao palácio, Raphael se ocupou com os assuntos de Estado, o que ela supôs ser inevitável, já que o marido regia um principado. Ele deixara o comando nas mãos capazes de seus assessores por algum tempo, mas havia questões que apenas o príncipe podia resolver.

Bailey tentou se convencer de que não se sentia solitária. Que não estava com saudades da presença de Raphael. Que estava conformada com o fato de só o ver à noite, quando ele se deitava e fazia amor com ela com a paixão de que a privava durante o dia.

E, acima de tudo, repetia para si mesma que não a incomodava que o marido não dissesse que a amava.

Oh, Raphael lhe dava tudo. Mais roupas do que ela jamais seria capaz de usar, principalmente por serem peças de gestante de que necessitaria apenas por mais alguns meses. Joias, livros e, na semana anterior, lhe disponibilizou uma ala inteira do palácio. Exclusiva para seu uso.

Certo dia, chegou acompanhado de uma mulher baixa.

– Sei que no Colorado discutimos sobre a conclusão de seu curso universitário – disse ele. – Contratei uma professora para orientá-la. Ela possui um currículo excelente e pertence a uma universidade que pode cursar a distância. Quero que tenha tudo que lhe prometi e muito mais.

A mulher sorriu, observando o abdome agora pronunciado de Bailey.

– Claro que trabalharemos dentro de sua disponibilidade – disse ela, com um sorriso gentil. – Não quero sobrecarregá-la, princesa.

Nunca ninguém se importara em saber se ela estava sobrecarregada enquanto cursava a universidade, no Colorado. Ou se estava nauseada e cansada de servir mesas quando engravidou, antes de possuir um título. Ninguém.

Era estranho ter pessoas ao seu redor, sensíveis à sua condição.

E de fato se importavam. Desde a imprensa à equipe de funcionários do palácio, todos se mostravam encantados com ela.

Tornara-se uma espécie de ícone de estilo no que se relacionava à gravidez, embora não pudesse aceitar os louros sozinha. Raphael havia lhe designado um estilista que a ajudava a cuidar da aparência sempre que ela aparecia em público. Se dependesse dela, talvez acabasse por optar pelos conjuntos de moletom.

Bailey era muito bem-cuidada. Mais do que jamais fora em toda a sua vida. Mas ainda assim, se sentia... vazia. Porque bens materiais não eram amor. Tudo aquilo não era amor, mas sim deferência e... bem, sem dúvida eram prova de afeto. Mas não era apenas isso que sentia por Raphael.

Teria o desejado mesmo que não houvesse nenhum bebê, título ou qualquer expectativa de casamento. Quisera-o mesmo quando pensava que Raphael não passava de um representante farmacêutico.

Mas ele não a quisera. E, embora se esmerasse em cuidar dela agora, apesar de Raphael deixar seu desejo evidente, ela não conseguia afastar as dúvidas traiçoeiras.

A visita do médico, naquele dia, trouxera novidades que Bailey sabia que agradariam o marido. Teriam um menino. O tipo de herdeiro preferido por um homem como Raphael. Ou assim ela ouvira dizer.

Mas por alguma razão, estava tendo dificuldades em encontrar o momento certo para contar a boa-nova ao marido.

– Como estão os seus estudos? – perguntou Raphael, quando entrou no quarto, naquela noite.

– Muito bem. A professora Johnson tem sido extremamente paciente e prestativa. Essas aulas particulares estão sendo muito eficazes para a recuperação do tempo que perdi.

– Perfeito. E o que pretende fazer com um diploma de economia?

– Quando eu estava no Colorado, pretendia abrir minha própria empresa algum dia. E até lá, esse curso me ajudaria a arranjar empregos mais dignos. Talvez melhor remunerados.

– A agora?

– Continuo achando valioso compreender como as coisas funcionam. Entender um pouco mais a estrutura de tudo isso e como se encaixa na economia. Por certo, é algo de valor para uma princesa.

– Se acha valioso, então deve ser. E estou certo de que você pode utilizar esse diploma como achar melhor. Existem muitas e variadas instituições de caridade com que pode se envolver, que poderiam se beneficiar de seus conhecimentos. Mas acho que isso é o mínimo que pode oferecer a essas organizações.

Bailey percebeu que estava prestes a receber um elogio e resolveu pressioná-lo.

– É mesmo?

– Você é uma mulher obstinada. E sabe defender uma causa como ninguém. Imagino que fará um belo trabalho. Sua determinação férrea somada ao título de princesa é uma combinação extraordinária.

– Fico feliz que aprecie minha determinação férrea.

– Aprecio ainda mais agora que não está sendo usada contra mim com muita frequência.

Bailey não conseguiu conter uma risada.

– Bem, não posso lhe garantir que continuará assim.

O silêncio prolongou-se entre ambos, estranho e provocando um sutil desconforto. Aqueles momentos deixaram de ser frequência. Bailey imaginava que se devia às palavras não ditas. Queria repetir que o amava. Apenas para ver o que Raphael responderia. Desde que chegaram de Paris, todos os dias ela professava seu amor e não recebia nenhuma resposta. Nada, além de cobri-la de bens e vantagens.

– Minha agenda está lotada amanhã – disse ele, por razões que Bailey desconhecia.

– Então não vou vê-lo?

– Talvez não.

– Não o tenho visto o suficiente nos últimos dias – comentou ela.

– Tenho estado ocupado – justificou-se Raphael com sutil aspereza na voz. – Terá de se acostumar com isso. Quando a trouxe para o palácio, fiz questão de estar presente mais do que costumaria estar, em consideração a você. E porque estávamos planejando o casamento. Depois, claro, fomos para Paris, e pudemos desfrutar da companhia constante um do outro. Mas não posso manter esse ritmo.

Tenho certeza de que encontrará muitas atividades com que se ocupar.

– É por isso que providenciou para que eu prosseguisse com meus estudos? É o motivo desta conversa sobre o que eu poderia fazer com meu tempo livre depois de me formar?

– Em parte, sim. Precisa se manter ocupada. Fazer algo que lhe possibilitará servir ao seu principado.

– Também cuidarei do nosso filho.

– Sim – concordou Raphael. – Mas a maior parte dessa responsabilidade ficará por conta das babás.

– Não – retrucou ela. – Não ficará.

– Tem deveres para com o seu principado.

– Tenho deveres para com nosso filho. Acima e antes de tudo. Estava preparada para ser uma mãe solteira, porque não tinha a menor ideia se tornaria a vê-lo. Reformulei toda a minha vida para receber esta criança. E mesmo que seja assustador, mesmo que eu não saiba se estou qualificada para ser mãe, quero devotar meu tempo a tentar.

– Mas aqui não agimos assim. Ambos estaremos ocupados servindo ao nosso principado. Esta criança tem de ser criada da maneira certa desde o dia em que nascer, assim como eu fui.

– Como? Sendo reverenciado pelos empregados e cuidado apenas pela equipe de funcionários? Sendo venerado e ignorado ao mesmo tempo?

– Nunca fui ignorado – retrucou Raphael, em tom áspero. – Eu era primordial. O herdeiro do trono. Será assim com nosso filho. Esta criança passará toda a infância sendo preparada para ser o príncipe ou a princesa de Santa Firenze. Sempre foi assim e continuará sendo.

– Não me importo se foi assim nos últimos cem anos. Também sou a primeira plebeia pobre e sem conexões importantes com quem alguém em sua linhagem histórica se casou. É normal que eu tenha expectativas e uma conduta diferente.

– Então sua infância foi idílica?

– Não – respondeu ela. – Minha infância foi tenebrosa e você sabe disso. Minha mãe vivia sob estresse constante e ressentida comigo. Odiava o emprego que tinha e mal conseguia nos manter alimentadas e vestidas. Não tínhamos um relacionamento de mãe e filha naquela ocasião e não temos agora. Minha mãe se ressente demais comigo para permitir que tenhamos. Ela decidiu ter a filha e se arrepende até hoje.

– Então por que acha que nossa criança será mais feliz a tendo por perto?

– Acho que você não consegue entender. Quando descobri que estava grávida, percebi que me encontrava na mesma situação da minha mãe. Sabia que seria muito fácil passar a vida me ressentindo com meu filho por ter de interromper meus planos, por esta gravidez tornar tudo mais difícil. Mas foram as minhas escolhas que me levaram a esta situação e me recuso a transferir essa culpa para o meu filho. Pensei muito sobre como eu evitaria repetir o padrão que estava seguindo. Era muito importante para mim. Mas percebi, poucos dias após descobrir que estava grávida, deitada na cama, chorando, que não repetiria os mesmos erros da minha mãe se amasse meu filho. Amando-o acima de tudo, mais do que os sonhos que acalentei.

– Seu filho terá todo o conforto.

– Mas quero estar presente na vida dele. Não me sobrecarregarei de trabalho quando posso passar mais tempo com ele ou ela. A ideia do trabalho voluntário me agrada e de ter outra atividade, além de ser uma princesa, também. Mas não pretendo transferir a responsabilidade da criação do meu filho a terceiros.

– Mas esse é o costume dos regentes deste principado.

Bailey percebeu que ele estava perdendo a paciência. Que Raphael não conseguia, mesmo após tanto tempo ao seu lado, lidar com alguém que não aceitasse a palavra dele como lei.

– *Você* não quer passar mais tempo ao lado do seu filho?

Raphael fez um gesto negligente com a mão.

– Esse costume não tem nada a ver com querer e sim com responsabilidade. Foi assim com meus pais e será comigo. Fala de amor como se esse sentimento fosse algum tipo de mágica, que pudesse remover montanhas, produzir tempo e manter um principado de pé, mas está enganada. O amor é uma potente distração. Algo que impede um regente de agir no melhor interesse de seu povo. Não posso permitir isso. Meu pai não o fez e eu não o farei.

O coração de Bailey batia acelerado agora.

– Acha mesmo que o amor é um inimigo?

– Acho que é uma distração desnecessária e que um homem na minha posição não pode se dar ao luxo de amar o que quer que seja mais do que o seu principado.

Aquelas palavras a atingiram como uma flecha embebida em veneno. Bailey recordou-se da noite, no quarto de hotel, quando ele pôs um ponto-final no relacionamento de ambos. Aquela resolução decisiva. A certeza de que ele não mudaria de ideia. Quer fosse com lágrimas ou sapatadas.

– Então nunca vai me amar. – Aquela não era uma pergunta. Mesmo enquanto pronunciava as palavras, ela as sentiu rasgando a garganta, cortando-a por dentro, tornando difícil a respiração. – Só será capaz de amar este principado. Não amará nem mesmo seu filho?

Bailey aventou a possibilidade de viver sem o amor de Raphael. Até então, se propusera a tentar entender aquela situação. Mas a percepção de que ele não esperava fazer parte da vida do filho era algo que não podia varrer para baixo do tapete.

– Já lhe disse que esta criança é importante para mim. Foi por ela que resolvi me casar com você e não tentar encontrar outra pessoa...

– Você o amará?

– Nunca disse essas palavras para ninguém – respondeu Raphael. – Não foram importantes para a minha existência.

– Mas é importante agora. Para mim.

– Já não demonstrei o suficiente quanta consideração tenho por você? – rosnou ele. – Não lhe dei tudo que uma mulher poderia desejar? E ainda assim, age como se não fosse o suficiente.

– Raphael...

– Não. Você era uma garçonete – disse ele em tom áspero. – E eu a trouxe para cá, para o meu palácio, minha casa, e lhe dei tudo que estava ao meu alcance. Ainda assim, age como se eu não estivesse à sua altura. Acusa-me de ser arrogante, mas acho que você me supera e em muito neste aspecto. Não disponibilizei para seu uso exclusivo toda uma ala do palácio que está na minha família há gerações? Não a tornei uma princesa DeSantis? Você morava em uma pocilga e eu a elevei a patamares que nunca imaginou. É assim que me agradece?

– Está furioso porque eu não me mostrei honrada com as migalhas que me atirou? – A raiva fazia todas as terminações nervosas de Bailey vibrarem e lhe embotava o raciocínio lógico. Mas ela não se importava. Queria feri-lo da mesma forma que ele o fez inúmeras vezes desde que a deixou ajoelhada na neve, no Colorado. – Porque não passam disso. Você pensa que pode me agradar com bens materiais e objetos que nunca desejei. Que eu deveria me sentir agradecida. Mas o que me dá são coisas fáceis. Muito fáceis. Para um homem na sua posição, o fato de me ceder uma ala do palácio não é nada. Não seria capaz de cruzá-lo de uma extremidade a outra em uma tarde, então como é possível sentir falta de uma parte dos aposentos? Você me cobre de presentes que, segundo fez questão de me deixar ciente, são uma gota no oceano de sua herança real. E age como se estivesse me fazendo um grande favor! Mas quantos colares uma mulher é capaz de usar? Quantos vestidos bonitos?

– Não estamos discutindo isso – disse ele, parecendo frustrado.

– Sim – retrucou Bailey. – Estamos. Essas coisas... são facilmente substituíveis. Um homem como você não tem nenhuma dificuldade em adquiri-las. Mas amor? Oh, esse sentimento é tão... raro. E lindo. E muito caro. Acha que não me custou nada dizer para você que o amava várias vezes e não obter resposta? Esse é um presente de valor inestimável e você é incapaz de perceber. Não enxerga nada que *eu* lhe dei. Meu corpo, minha alma, meu coração. Abandonei meus sonhos, por mais modestos que os considere, para vir com você para este principado.

As palavras raivosas que ela lhe atirou não contribuíram em nada para abrandar a ira de Raphael.

– Pense em tudo que recebeu em troca. Não me peça para lamentar por você. Não finja que não adorou a semana que passamos em Paris, que não gosta de luxos.

– Claro que gostei. Sou humana. Mas basta uma crise financeira, um desastre natural ou uma guerra para destruir isso tudo. São posses efêmeras. Não significam nada. Se o mundo pegasse fogo, queimariam até se tornarem apenas cinzas. E o que restaria? Tudo que sobraria seria eu e você. E sem todas essas demonstrações de riqueza, não sabe como se relacionar comigo. Não sabe sequer quem você é.

– Mas isso não acontecerá – argumentou ele em tom severo.

– Espero que não. Mas ainda não conseguiu entender o xis da questão. Isso tudo que citei é efêmero e irreal. O que dei a você é real. O que sinto por você? É tão intenso que chega a doer toda vez que respiro. A cada dia que confesso meu amor por você e não recebo resposta, meu orgulho se despedaça um pouco mais. E o que eu lhe custei até aqui? De verdade.

– Está obcecada com o sacrifício – disparou ele. – O que deseja? Se tornar um inconveniente? Um custo alto para se manter?

– Não. Queria ter certeza de que não sou a única a se sacrificar para manter nosso relacionamento. Gostaria de ser mais do que um bem que você utiliza e descarta a seu bel-prazer. É isso que eu quero!

A resposta o fez explodir.

– Você quer o impossível. Quer controlar meus sentimentos. Decidiu que minhas ações não são suficientes. De que adiantaria eu lhe devotar um profundo sentimento e não fazer nada por você? Se eu dissesse que a amava e a abandonasse naquela pocilga de apartamento no Colorado? Aposto que não acharia todos esses atos inconsistentes. Se eu não lhe proporcionasse tudo isto, estaria dizendo que eu não a amo porque a negligencio.

– É verdade – disse Bailey com um fio de voz. – Mas acho que todos esses atos têm de vir acompanhados de sentimento para serem válidos.

– Era assim quando criança? – questionou ele. A pergunta teve o efeito de uma bofetada no rosto de Bailey. – Não conseguiu se contentar com nada? Se sua mãe cuidasse de você, mas não conseguisse demonstrar que o amor dela era real, ficava ressentida com ela? – Aquelas palavras rastejaram sob a pele de Bailey como uma serpente venenosa para dar o bote em sua insegurança. Mas não era justo. Recusava-se a se sentir culpada por desejar que alguém a amasse.

– Este foi um golpe baixo – respondeu ela, com a voz trêmula de raiva. – Mesmo para alguém tão baixo como você.

– Não se compara a atirar sapatos nos outros, garanto. Mas é uma questão a se considerar. – Raphael girou nos calcanhares e começou a se encaminhar à porta.

– Vai sair agora? – perguntou ela em tom indignado.

– Não estou conseguindo conversar com você no momento. Portanto, eu me recuso a continuar aqui.

– E sua palavra é lei – disse Bailey.

Raphael girou outra vez.

– Sim – concordou. – De fato, é. E seria melhor para você lembrar disto.

– Do contrário, o que acontecerá? Vai me mandar de volta ao lugar de onde vim? De que adianta ficar aqui se não estivermos juntos e você não me permitir sequer criar nosso filho? Se não significo nada para você?

– Eu a quero ao meu lado – respondeu ele.

– Mas por quê? Para ouvir você dizer que não passo de uma garçonete e que sou inferior à Vossa Alteza? Você não me ama e nunca amará. Não precisa de mim nem para criar nosso filho. Acha minha origem insignificante. Em sua opinião, tudo o que eu mais desejo é algo irrelevante. Por que me quer ao seu lado?

Raphael cruzou a distância que os separava. A expressão determinada e letal.

– Por que eu a quero – rosnou, envolvendo-a nos braços e a puxando contra o corpo rígido e quente. Ela amava tudo naquele homem. Mas Bailey sabia que tinha de resistir. Não havia outra escolha.

– Não é o suficiente. É apenas outro sentimento efêmero.

– Nunca – retrucou ele, pressionando os lábios ao pescoço delicado.

– Sim – insistiu Bailey. – E como tudo que é efêmero, acabará. Meu corpo se modificará com a gravidez e o passar dos anos. Não terei a mesma forma de quando me conheceu, de quando decidiu que me queria. Serei como qualquer outro objeto velho e desnecessário neste palácio. E não vou me submeter a essa condição.

– Eu não lhe disse que sua força é valiosa para mim?

– Sim, mas não é o suficiente.

– Nada menos do que deseja é o suficiente? – Raphael soltou-a, dando um passo atrás.

– Exatamente. Eu me entreguei a você de corpo e alma. Submeti meu futuro a você. E em troca quero conhecê-lo. Quero tê-lo. Por completo. Quero seu amor, sua raiva, todas as confusões e imperfeições que o fazem ser quem é. Não quero essa arrogância distante, essa insistência obstinada de que você é a lei e está acima de tudo. Não concordo com isso. Quero essa certeza destruída.

– Então nunca terá o que deseja – retrucou Raphael.

Bailey aproximou-se, emoldurou o rosto dele com as mãos e o beijou com toda a raiva contida em seu íntimo. Com todo o egoísmo e desejo. Como toda a insegurança e o medo. E sempre, até mesmo naquele momento, todo o amor que sentia por ele.

– Não se esconda de mim.

– Não tenho por que esconder – respondeu Raphael. Os olhos negros impenetráveis.

– Mentiroso – retrucou Bailey, capturando os lábios dele mais uma vez com um beijo profundo.

Por mais de uma vez, Raphael disse que ela o deixava louco de desejo. Que nunca ninguém teve aquele tipo de controle sobre ele.

E se havia um momento em que Raphael precisava enlouquecer de desejo era aquele.

CAPÍTULO 13

RAPHAEL SABIA que deveria afastá-la. Não permitir que ela tentasse assumir o controle daquela forma. Era o príncipe Raphael DeSantis e nenhuma mulher podia manipulá-lo.

Sentia como se estivesse sendo rasgado por dentro, pedaço por pedaço e, ainda assim, não conseguia afastá-la. Não era capaz de negar o desejo que os unia.

Sim, mostraria a ela. Provaria, com aquele ato, que a atração sexual entre os dois era suficiente. Que transcendia a beleza física. Que houve muitas mulheres em sua vida. Que ele sempre pôde escolher a que quisesse.

Quando viu Bailey pela primeira vez, foi como se um raio o atingisse, deixando-o entontecido. Diferente de tudo que vivenciou. Maior. Mais profundo. E real de uma forma que nunca antes foi. Ele a faria ver, a faria entender.

Raphael segurou o cabelo louro, enterrando os dedos nos cachos sedosos, apertando-os enquanto lhe violava a boca com toda a força de seu desejo, virando o jogo de sedução de Bailey contra ela.

Amor.

Não necessitavam de amor. Aquele sentimento não importava. Era irrelevante. E para um homem em sua posição, não era sequer possível. Raphael nunca o desejou. Caso contrário, os pais lhe teriam dado e não deram. Em vez disso, deram-lhe educação, uma equipe de funcionários, um quarto repleto de brinquedos que fascinariam qualquer criança.

Quando adolescente, deram-lhe carros novos, ternos feitos sob medida, professores que o instruíram sobre como se comportar em qualquer situação.

Ao contrário de Bailey, nunca sentiu frio. Nunca passou nenhuma necessidade. Sempre teve tudo.

Como ousava aquela feiticeira enfrentá-lo e dizer que lhe faltava alguma coisa? Como se atrevia a insinuar que ele tinha alguma carência? Como tinha a audácia de reduzir a nada tudo que sempre fora importante para ele? Ou desmerecer seus gestos com aquela tranquilidade?

Não permitiria que ela o fizesse. Não outra vez. Nunca mais. O sangue de Raphael corria como lavas de um vulcão, enquanto ele deixava escorregar as mãos pelas curvas do corpo de Bailey, regozijando-se em sua maciez e calor, no evidente desejo que ela não conseguia controlar.

Sim, era aquilo que ele precisava no momento. Sentir como Bailey o queria.

Raphael escorreu as mãos sob a saia que ela usava, introduzindo os dedos com facilidade sob o elástico da calcinha e percebendo que ela se encontrava úmida, preparada para recebê-lo. Apesar de enraivecida, ainda o desejava.

– Você me quer enlouquecido? – perguntou ele, com voz rouca. – A ponto de perder o controle?

Estava decidido a dar o que Bailey queria e ainda mais. Ali. Naquele momento. Com seu corpo. Ele a faria pagar por ter abalado suas certezas. Por virar de cabeça para baixo a vida organizada que ele levava. Por fazer de sua existência perfeita algo insignificante.

Sim. Ele a faria pagar por isso.

Introduziu um dedo dentro dela e a observou entreabrir os lábios. Os olhos azuis faiscando com o prazer. Sim, queria Bailey sempre assim. Enlouquecida com o desejo que o consumia todas as vezes que a tocava. Todos os dias. Todos os momentos, a cada respiração. Queria vê-la em desespero, admirando, impotente, todas as suas certezas desmoronarem. Sentir-se faminta, vazia e saber que nada poderia preencher aquele vácuo. Essa era sua existência ao lado dela. Raphael queria que ela soubesse. Entendesse.

Nunca havia se sentido daquela forma. Sempre teve tudo que desejou. E Bailey insistia em se manter fora do alcance. Em deixar claro que seus melhores esforços não eram suficientes.

Bailey o estava arruinando.

Retornaria o favor.

– É isto que você quer? – disse Raphael em um sussurro rouco, adicionando um segundo dedo ao primeiro, e massageando o centro de prazer de Bailey com o polegar. – Quer me ver fora de controle?

– Eu o fiz perder o controle – retrucou ela. – Desde o início. Mas você não quer admitir o que isso significa.

– Sexo. É isso que significa. Que fazemos um excelente sexo.

Retirando os dedos, Raphael segurou os quadris dela, ergueu-a e enroscou as pernas macias em torno de sua cintura. Em seguida, carregou-a para a cama e se apossou dos lábios carnudos com um beijo longo e sensual que refletia toda a paixão e raiva que sentia.

– Não – disse ela, fazendo-o estacar. – Não. Não é só sexo. Você me escolheu e isso é importante.

Raphael não respondeu. Ignorando a dor que aquelas palavras o faziam sentir, ergueu a saia e abaixou a calcinha que ela usava. Em seguida, livrou-se da própria calça. Sem se deter em mais preliminares ou recorrer à gentileza, enterrou-se fundo dentro dela, ambos ofegando quando ele a preencheu. Bailey estava apertada, úmida e tão inegavelmente sua.

Bailey podia amá-lo o quanto quisesse. De fato, amava-o. Mas por que aquilo não era suficiente para ela? Não conseguia entender.

Não?

A fera que uivava dentro dele lhe atirou a pergunta, mas ele a ignorou em favor da sensação de tê-la. De sentir o calor do corpo de Bailey apertado em torno dele, as unhas enterradas em sua pele. O som dos gritos abafados que ela deixava escapar enquanto investia com força dentro dela. O hálito quente que soprava em seu pescoço a cada ofego de Bailey, sinal de que estava prestes a atingir o clímax.

Aquilo era a realidade. E tudo que importava para Raphael. Viveria naquele momento durante o tempo que pudesse. Não desejava mais nada. Nunca mais.

Bailey estava errada sobre ele. Porque se tudo lhe fosse tirado, se acabasse sendo um príncipe sem palácio e principado, ainda teriam o que estavam vivendo no momento.

Ela o amará. Professará esse amor por você. E o que lhe dará em troca?

Raphael trincou os dentes, investido com mais força, perdendo-se no ritmo em que apenas os dois conseguiam dançar. As labaredas do desejo avolumando-se cada vez mais dentro dele, mas não se importava. Deixou-se consumir, os espasmos de prazer sacudindo o corpo musculoso com violência e reverberando em sua alma. E enquanto derramava seu prazer dentro dela, percebeu que Bailey também havia atingido o clímax. Os músculos internos apertando-se em torno de sua ereção, aumentando o prazer avassalador que ele sentia, prolongando o orgasmo.

Era sempre assim com Bailey. Tudo que ele nunca julgara possível, o que nunca imaginara desejar.

E a verdade de tudo aquilo se encontrava suspenso em algum lugar entre ambos, como uma nuvem que pairasse sobre Raphael e o fizesse ansiar por se esconder. Para afastá-la. Porque aquelas três palavras seriam a ruína de sua vida. Minariam tudo que ele era e em que acreditava. Seriam capazes de destruí-lo. Por completo.

Não podia permitir que aquilo acontecesse.

Raphael desencaixou os corpos de ambos, passou os dedos pelo cabelo e se ergueu para caminhar pelo quarto.

– Eu o amo – disse ela.

Aquela fera dentro dele encolerizou-se ainda mais, rasgando-o por dentro.

– Não! – rosnou, satisfeito ao ver o rosto de Bailey contrair-se em uma careta de medo. De angústia. Porque tinha de trazê-la à razão. Precisava fazê-la ver que aquilo não poderia acontecer.

– Mas eu o amo. – A naturalidade daquela confissão... era a pior parte. Era como se fosse uma verdade absoluta e sempre seria. Como se Raphael não tivesse nenhum controle.

– Não deveria – respondeu ele. – Nunca ninguém me amou. Por que tinha de me amar? Por que tinha de achar tão fácil me amar?

– Seu povo o ama.

– Amam o homem que fui criado para ser. Não quem sou. – As palavras eram demasiado pesadas e despencaram sobre o topo do poço que ele mantinha coberto. O poço sem fundo que guardava a verdade obscura sobre Raphael. Sobre quem ele de fato era.

Nunca desejou destampá-lo. Jamais quis que a verdade viesse à tona.

– Eu o amo – repetiu ela, desafiando suas ordens como sempre fazia.

Bailey, tão forte e contestadora como sempre. Como havia se tornado sua? Como decidiu que o amava? Que era capaz de amar? Com a vida sofrida e difícil que tivera, como conseguiu chegar à conclusão de que o amor era um sentimento essencial?

Poderia lhe perguntar, mas não se via capaz de dar voz às palavras.

De qualquer forma, não faria sentido. Nada daquilo fazia sentido. Fora uma ficção desde o início. Um sonho.

Bailey costumava se referir ao medo que sempre teve de sonhar. E ele levava uma vida construída para aparentar um sonho, o tipo de existência que o impedia de ter qualquer aspiração fora do âmbito de seus deveres.

Não sabia o que significava ter um sonho. Uma vontade. Querer algo que estivesse além do que era esperado. Raphael nunca soube.

Bailey era seu primeiro sonho. Desde o momento em que entrou naquele restaurante. Sua primeira incursão em algo que extrapolava a necessidade e o desejo.

Mas ele decidiu se fechar para aquele sentimento. Não podia se dar ao luxo de pensar naquele tipo de coisa.

Bailey representava tudo que seu pai sempre o orientou a evitar. Uma distração. Uma fraqueza fatal, uma epidemia que podia contaminá-lo e mudar tudo em que ele devia acreditar.

Ela ocuparia o lugar de Santa Firenze em seu coração e mente e isso ele não podia permitir.

– Eu não a amo – respondeu ele, por fim, com voz rouca. – E nunca amarei.

Com aquelas palavras, Raphael girou e saiu do quarto, deixando para trás um pedaço de si do qual, até então, desconhecia a existência. Largando naquele quarto uma parte vital do próprio coração. Mas era melhor assim.

A única alternativa arruinaria seu mundo e não podia permitir que aquilo acontecesse. Não quando o principado precisava que ele se mantivesse firme.

Naquele momento, imaginou que, se existisse algum monte de neve onde se jogar, ele o faria.

A porta do quarto se escancarou, fazendo-o girar. E lá estava Bailey. Os olhos azuis brilhando.

– Não sei que resposta espera ouvir de mim – começou ela. – Talvez a de que aceitarei o que me disse e lhe direi que está tudo bem. Que continuarei a viver este relacionamento irreal apenas porque você está disposto a fazê-lo e sua palavra é lei. Mas não me importo com seu orgulho. Acho que deve perdê-lo. Se é esse orgulho que nos separa, então terá de abandoná-lo. Não ficarei aqui.

– Tem de ficar.

– Telefonarei para a Embaixada Americana e o denunciarei por cárcere privado.

– Depois de nossa viagem a Paris? De nosso casamento? O mundo todo sabe que está esperando um filho meu. Acha mesmo que conseguirá convencê-los?

– Farei isso porque não tenho outra opção. Você acabou de destruir o último resquício de esperança a que me agarrei durante todos estes meses. Conseguiu reconquistar minha confiança e agora a está traindo outra vez. Não lhe darei mais uma chance. Se quiser fazer parte da vida do nosso filho, fique à vontade. Mas terá de nos visitar no Colorado, porque é lá que eu moro. Aquele é o meu mundo. E mesmo que nunca entenda por que é importante para mim, essa é a vida que construí. Não é insignificante. E nem eu. – Bailey inspirou fundo, antes de continuar. – Nunca fui apenas uma garçonete. Nem qualquer coisa. Sempre fui Bailey Harper. E isso sempre foi importante para mim. Consegui me manter de pé com meu próprio esforço, e não permitirei que reduza todo esse esforço a nada. Será o suficiente para o meu filho, porque foi o que construí. E haverá amor no meu lar. Se seu dever, o que quer que sinta, for forte o suficiente para compeli-lo a cruzar o mundo para visitá-lo, ficarei feliz, mas acho que só o amor seria capaz de levar uma pessoa a fazer esse tipo de sacrifício. Portanto, suponho que não estará presente na vida desta criança.

– Não pode fazer isso – protestou Raphael. – Meu filho é meu herdeiro. O herdeiro deste trono. Deve ser criado aqui. Conhecer o que receberá de herança.

– Uma herança de gelo. Tão fria que o destruirá no instante em que ele a tocar. Não. Não é essa a vida que desejo para o nosso filho. E um dia acho que verá que eu estava certa. Quando seu filho crescer e se tornar um regente compassivo e mais afetuoso do que você jamais será. Quando ele se tornar o marido que o pai teme ser.

– Marido?

– Sim. Tive uma consulta com o médico hoje. Eu iria lhe contar que teremos um menino, antes de brigarmos.

– Está me dizendo que terá um filho homem e que o afastará de mim?

– Você o está afastando. A verdade é esta. Mas você não o deseja. Não de verdade.

– Eu o quero. – E de fato desejava. Mais do que tudo. Não entendia o que estava acontecendo com ele. Sentia-se tão destruído, tão vulnerável. Tão perto da destruição.

– Gosta da ideia de ter uma esposa. De ter um filho que possa criar à própria imagem. Mas sempre nos manterá a distância. E não permitirei que isso aconteça. Não consegue quebrar essa parede erguida dentro de você, essa coisa que o impede de se rebaixar a ponto de aceitar o amor.

– Não se trata de me rebaixar.

– Talvez não. Mas ainda assim, você não o fará. É muito orgulhoso para isso.

– Quais são suas exigências?

– Providencie um jato para me levar de volta para casa. Uma forma de eu entrar nos Estados Unidos e não farei um escândalo. Mas eu lhe juro que, se não atender aos meus pedidos, destruirei seu orgulho, já que esse é o seu maior tesouro.

Raphael descobriu-se paralisado, atônito, ferido. E soube que havia apenas uma resposta a dar. Uma única atitude certa a tomar. E nada tinha a ver com orgulho e sim com o fato de, por fim, conseguir perceber o que Bailey estava tentando lhe dizer desde o início. O que fez com ela foi insultuoso. Apossou-se dela e a manipulou sem nunca se importar em refletir sobre as próprias ações, porque sabia que se o fizesse, teria de encarar as verdades incômodas sobre si mesmo que nunca aceitara.

E decidiu tomar a única resolução possível. A única que lhe permitiria sobreviver.

– Providenciarei o jato. Esteja preparada para partir pela manhã – disse ele, afastando-se em seguida. Porque não conseguiria vê-la partir.

CAPÍTULO 14

Raphael imaginou como um palácio com tantas pessoas poderia parecer vazio. Mas estava. Sem a presença de Bailey, assemelhava-se a um deserto.

E ele também se encontrava vazio.

Vagou pelos corredores do palácio para onde tanto se orgulhou em trazê-la. Como se ao vê-lo, Bailey fosse se desmanchar em humildade e gratidão pelo fato de ser um palácio, um lugar em que jamais sonhara pisar.

Bailey batalhou pela própria vida. Pela educação. Pelo apartamento que ele depreciou. Por sua vez, ele não tivera de fazer esforço algum para conseguir tudo aquilo e ainda assim ostentava o que possuía como se tivesse lutado para conquistar.

Dio.

Era de fato tão arrogante e implacável quanto Bailey afirmou.

Seu legado era tudo que possuía. O que se interpunha entre ele e aquele poço sem fundo que tentava de todas as formas manter tampado.

Mas a tampa se rachou e revelou o quanto toda sua existência foi vazia e inexpressiva.

Aquilo o fez questionar o que haviam lhe ensinado. Pela primeira vez, pôs em dúvida as atitudes do pai. Nunca desejou fazê-lo. Preferiu se apegar à imagem de um homem que regia o principado com força inabalável, o líder que Raphael sempre desejou ser.

Mas ele foi um péssimo pai e um marido ainda pior.

Raphael rilhou os dentes, abaixou a cabeça e se recostou à parede. Os funcionários passavam por ele, calados, sem se deterem. Por que o fariam? Aquele era o ambiente que ele continuou a promover.

Sem relações humanas. Nada que interrompesse os trabalhos, como sempre.

Deferência em substituição às relações humanas.

Raphael sentia como se estivesse se partindo por dentro e não havia com quem conversar. Ninguém que estacasse para perguntar o que estava acontecendo.

Oh, os homens de seu serviço secreto seriam baleados em seu lugar, mas jamais conversariam com ele.

Porque aquilo foi o que o pai lhe ensinou. O que foi incutido em Raphael desde a infância e o que ele nunca ousou questionar.

Não questionou quando o pai gritou com a mãe, altas horas da noite, por ela ter deixado de comparecer a um evento porque Raphael estava doente.

Sabia que o pai não tinha a intenção de que ele ouvisse a conversa, mas Raphael escutou.

– *Precisava de sua presença lá esta noite e você não estava. Isso perturbou meu foco!*

– *Seu filho estava doente* – sibilou a mãe. – *Precisava ficar com ele.*

– *Temos empregados para se incumbirem dessa tarefa. Uma excelente equipe. O menino não precisava de nada. Eu, ao contrário, fiquei enfraquecido diante dos embaixadores. Todas as esposas estavam presentes, exceto você. Sempre soube como seria nosso casamento. Tem de colocar Santa Firenze em primeiro lugar. Acima de tudo. O resto não passa de distração.*

No dia seguinte, Raphael ganhou um brinquedo novo do pai. O único contato que ele fez durante o tempo em que o filho ficou doente. Após aquele episódio, a mãe tornou-se ainda mais distante do que antes. Uma ordem dada pelo pai porque seu herdeiro não podia se tornar dependente.

Raphael esforçou-se ao máximo para não ser uma distração. A partir daquele momento, dedicou-se ao propósito de ser um homem igual ao pai. Não queria que a mãe servisse de anteparo para a fúria do pai por qualquer questão relacionada a ele.

A culpa era dele. Não podia ser do príncipe regente. Não quando aquele homem era um líder brilhante e fazia tanto pelo principado.

Raphael também se viu forçado a recordar o dia em que a mãe morreu. O pai ficara estoico ao lado do túmulo da esposa falecida e Raphael, com apenas 15 anos, mantivera o semblante tão austero quanto o dele.

– *O sofrimento é uma distração* – disse ele mais tarde a Raphael. – *Uma fraqueza para outros homens. Nunca deve amar nada ou ninguém mais do que ama o seu principado.*

– *O senhor não ama?* – perguntou ele.

– *Não. O que é uma vantagem, porque este principado não parará por causa da perda da sua mãe. Tampouco eu.*

Ou você, ficou subentendido. A perda não poderia afetar homens como eles. Porque viver uma vida pautada pelas emoções era como pisar em solo movediço. Raphael aprendeu aquela lição.

Mas agora percebia que mesmo que aquilo fizesse sentido, que o pai estivesse certo em agir daquela forma, também estava errado.

Aquele tipo de vazio seria capaz de destruir um homem no fim. Ao menos, seria assim com ele. Sem dúvida, sentia-se destruído agora. Sem Bailey, que fora a maior distração que poderia existir desde o momento em que pousara o olhar nela. A primeira fagulha de inesperado em uma existência de certezas inflexíveis.

Agora percebia com clareza que o dever sem amor era vazio. A vida sem amor era inócua.

Não havia nenhum custo nesse tipo de existência. Bailey tinha razão. Se nada custava, nada valia. Entrincheirar-se no controle, mantendo a esposa e os filhos a distância, agradando-os com presentes... não era amor.

Não protegia principado algum. Servia apenas para proteger a si mesmo.

Raphael permitiu-se virar uma estátua muito antes de ser imortalizado em uma daquelas esculturas do jardim.

O pai não amou o principado acima de tudo e sim a si mesmo e a própria proteção. E lhe ensinou a fazer exatamente igual.

Mais uma vez, o funeral da mãe veio à mente de Raphael. O quanto desejou receber um abraço do pai naquela ocasião. Mas o príncipe regente não podia se rebaixar daquela forma. Não por Santa Firenze, mas por orgulho próprio.

Antes, Raphael julgava ser uma prova de força do pai, mas agora podia ver que a maior prova de força teria sido mostrar a própria fraqueza para um filho chorando a morte da mãe. Para uma nação sofrendo com a perda da princesa.

Em vez disso, ele lhe deu um carro no dia seguinte.

Um único momento de sofrimento compartilhado teria custado muito mais ao pai. E teria sido mil vezes mais valioso para Raphael.

Os presentes sempre foram vazios de significado, mas Raphael preferiu crer que eram valiosos. Acreditar no pai a ponto de fingir que havia sido amado.

Você foi amado desde o início por Bailey Harper e, assim como o seu pai, rejeitou esse sentimento.

Raphael pressionou uma das mãos ao peito, tentando estancar o fluxo da sangria dolorosa e interminável do coração.

Rejeitou o presente mais valioso que recebeu, porque o custo era muito alto.

De que adiantava a riqueza infinita se não podia se dar ao luxo de ter o amor?

Aquela era a maior dificuldade. Não podia comprar o amor. Era obrigado a pagá-lo na mesma moeda. Com humildade e sacrifício. Com desconforto. Com a própria alma.

Enquanto olhava ao redor do palácio e não reconhecia nada além de um vazio suntuoso, Raphael soube que não tinha outra escolha.

O SONHO acabou.

Aquele era o pensamento que povoava a mente de Bailey quando o avião tocou o solo do Colorado. Como um disco que se repetia sem cessar enquanto o carro que Raphael providenciou para buscá-la no aeroporto seguia pelas ruas de um bairro desconhecido.

– Não moro aqui – disse ela, quando o motorista a deixou em uma residência com um gramado bem-tratado que ela nunca vira na vida.

– Estas são as chaves – informou o homem. – Tive ordens para trazê-la até aqui e lhe entregar as chaves. O príncipe disse que haverá uma explicação lá dentro.

Com o coração martelando as costelas, Bailey retirou as chaves da mão do motorista e cruzou o caminho que levava à porta principal. Girou a chave na fechadura, inspirou fundo e entrou. Era uma linda casa. Modesta e em nada parecida com um palácio, mas o tipo exato de lugar em que sonhou morar um dia.

Havia um envelope em uma bancada com seu nome escrito. Ela o abriu e retirou um bilhete de dentro.

> Sei que não quer aceitar este presente. Tenho certeza de que ferirá seu orgulho. Mas lhe peço para considerar esta casa como parte da pensão que darei ao meu filho. Afinal, sou um príncipe e você sabe bem que posso comprá-la. Este é o sonho que você mencionou algumas vezes, quando estávamos juntos. Uma casa em um bairro agradável. Queria torná-lo realidade. E que nosso filho pudesse desfrutar dele.

Não estava assinado. Não era necessário. Só poderia ser de uma pessoa. Raphael conseguia ser arrogante mesmo quando dava casas como presente de despedida.

Com o coração apertado dentro do peito, Bailey olhou ao redor, sentindo-se sem rumo. Aquele sempre foi seu sonho. Uma pequena casa que representava a segurança. Mas agora, não lhe parecia suficiente. E aquela sensação nada tinha a ver com o fato de ter passado o último mês no papel de princesa, vivendo em um castelo. Não, o sentimento de inadequação que a invadia se relacionava ao fato de ter passado o último mês dividindo a mesma cama que Raphael. E não havia espaço para ele naquela pequena casa. Naquela vida simples.

Pela primeira vez, Bailey imaginou se não deveria ter aceitado o que ele lhe ofereceu. Se teria sido suficiente. Se não deveria ter pressionado para conseguir mais.

No entanto, logo descartou aquele pensamento.

Não havia mais nada que pudesse fazer. Tomou a atitude certa. Para ela e para o bebê.

De qualquer forma, era tarde demais para questionar sua decisão. Mas aquele último gesto de Raphael, que não lhe dera uma mansão gigante ou algo extravagante nos moldes de seus presentes, era o primeiro sinal de que ele a havia escutado afinal. Que vira algum valor e beleza no sonho que ela nutria desde criança.

Agora era tarde demais, no entanto Bailey aceitaria o presente. Talvez, Raphael estivesse começando a entendê-la. Talvez ainda houvesse esperança.

Ou quer acreditar nisso porque passou toda a viagem de volta no avião chorando e sentindo como se trouxesse uma adaga atravessada no coração.

Sim, era assim que se sentia. Um fato que não podia ser ignorado.

Tinha a sensação de que o coração sangrava.

Os dias começaram a transcorrer, monótonos. Bailey cursava a faculdade e voltava para a casa. Não estava trabalhando, porque permitiu que Raphael pagasse suas contas. Talvez não fosse a atitude correta, mas ele era o pai do filho que esperava e ainda estavam casados. Não se divorciariam oficialmente até o nascimento do bebê. Todo o contato que tinha com Raphael seria através dos assessores do príncipe. Não via razão para se opor a ele agora. Mesmo porque não tinha energia. Estava com quase seis meses de gravidez e com frequência se via incapaz de reunir energia para qualquer atividade. Embora tivesse a sensação de que o coração partido tinha uma maior parcela de culpa do que a gravidez.

Bailey deixou escapar um suspiro profundo, atirou a bolsa sobre o sofá e se deixou afundar no assento acolchoado. Aquele lugar estava começando a tomar ares de um lar. Talvez fosse uma traição aos seus princípios, dado o fato de que aquela casa foi presente de Raphael. Mas era uma das poucas alegrias que teve na vida. Aquele presente que seria extravagante para os padrões da maioria das pessoas, mas que demonstrava a disposição de Raphael em ouvi-la.

De repente, escutou passos. Bailey sentou-se com a coluna reta e o coração disparado. Tinha certeza de que se tratava de uma alucinação. Mas quando voltou o olhar na direção do próprio quarto se deparou com a figura estonteante parada lá. Raphael estava trajado com um terno bem cortado, como sempre, a expressão afetuosa e a atitude arrogante.

Bailey teve a impressão de que estava tendo um *déjà vu*. Um lampejo de lembrança de quando Raphael a esperava em seu apartamento, depois que terminaram. Por um instante, pensou que estivesse sonhando, assim como naquela ocasião. E decidiu se beliscar.

– O que está fazendo?

– Testando para ver se estou dormindo.

– Não está – retrucou Raphael, dando um passo na direção dela. E foi naquele momento que Bailey notou uma diferença no homem com quem se casara. Círculos escuros se formavam sob os olhos pretos e as linhas que vincavam os cantos dos lábios e dos olhos dele estavam mais pronunciadas do que de costume. Só então notou o quanto Raphael parecia exausto. O cabelo se encontrava levemente desgrenhado, como se ele tivesse passado os dedos pelos fios repetidas vezes. Bailey percebeu, surpresa, como toda aquela situação o afetava. Tanto quanto a ela.

– O que faz aqui? Não sabia que parte do acordo de você me comprar uma casa incluía visitá-la quando quisesse.

– Esta não foi minha intenção – retrucou ele, com voz rouca. – Estava resolvido a deixá-la em paz. Respeitar o que você me disse. A deixá-la seguir sua vida. Mas passei estas últimas duas semanas agonizando e eu... precisava ver você.

– Para termos as mesmas discussões? Para que gritemos um com o outro ainda mais?

– Não – disse Raphael, soando devastado. – Não é isso que desejo. Está a anos-luz do motivo que me trouxe aqui.

– E por que veio?

De repente, Raphael ajoelhou-se diante dela, fitando-a com olhar torturado.

– Vim para me curvar diante de você.

– Veio fazer... o quê? – O coração de Bailey batia como um tambor dentro do peito e as mãos tremiam. Não conseguia crer na cena que se descortinava diante dela. Aquele homem orgulhoso e arrogante ajoelhado aos seus pés como se fosse o subalterno e ela a realeza.

– Desde o meu nascimento todos se curvam para mim – disse ele. – Não porque tenham apreço especial por mim, ou por estarem tocados por uma profunda emoção em me ver.

Mas por minha linhagem sanguínea. Sempre me foi dado tudo desde o instante em que cheguei a este mundo por ser um DeSantis. Nunca, em toda a minha existência, eu me humilhei diante de outro ser humano, mas seria capaz de engatinhar sobre vidro picado para ter você, de permanecer de joelhos diante de você se necessário for.

Bailey pressionou as têmporas com as pontas dos dedos, incrédula diante do que acontecia.

– Nunca teria de fazer isso. Essa não foi minha intenção em momento algum.

– Mas é o que devo fazer. Reconheço que tenho sido inflexível, mas tinha medo de me dobrar e me quebrar irremediavelmente. E foi o que aconteceu quando partiu. Senti-me despedaçado. E passei as últimas duas semanas tentando descobrir o que fazer com os cacos que restaram. Tentando entender o que significava tudo isso. Por que suas declarações de amor me ofendiam tanto, o motivo que me levava a não as retribuir. Por que eu nunca... nunca as ouvi antes. Por que nunca as pronunciei.

– Oh, Raphael... – Naquele momento, Bailey percebeu que aquele homem nunca se sentiu escolhido. Que nasceu com um destino predeterminado. Mas ninguém nunca o escolheu.

Mesmo sendo ela de origem humilde, sem nenhuma importância, e Raphael, membro de uma família tão antiga quanto o tempo, ambos compartilhavam a mesma dor. A dela disfarçada no orgulho e na determinação e a de Raphael, na arrogância e no isolamento inerente à sua posição.

Mas ainda assim, era a mesma dor.

– Meu pai sempre me disse – prosseguiu ele, com a voz embargada – que um regente nunca deveria amar nada mais do que o próprio principado. Repetia isso dia após dia. Sempre que não dispunha de sequer um momento para trocar algumas palavras comigo. A cada vez que ele e minha mãe estavam viajando e não estavam presentes no dia do meu aniversário. Ou quando eu jantava sozinho, exceto pela presença dos empregados. E no lugar dos meus pais sempre haveria presentes. Tudo que um menino pudesse desejar.

– Os presentes têm um grande significado para você – disse ela em voz baixa. De repente, se sentia... tola por não ter percebido isso antes. Por não ter se dado conta de que, para Raphael, aqueles presentes tinham um significado. – Sinto muito, mas eu não sabia.

– Claro que não. Mas tem de reconhecer que é natural que significassem muito para mim. Era tudo que eu tinha. Os presentes e... a ordem de sempre me manter firme. Meu pai me dizia que eu não deveria permitir que o amor ou o sofrimento me distraísse. Até mesmo no funeral da minha mãe.

Bailey levou uma das mãos à boca e fez um gesto negativo de cabeça.

– Não. Eu... qual era a sua idade na época?

– Quinze anos.

– Ele não o confortou ou... algo parecido?

– Meu pai me comprou um carro.

– Para substituir sua mãe?

Raphael negou com um gesto lento da cabeça.

– Acho que ele me comprou um carro porque aquilo era... tudo que de fato poderia me dar. Foi a esses presentes que aprendi a dar importância. Aos bens materiais e ao título. A diretiva que me foi imposta. E depois que ele morreu... disse a mim mesmo que o mais importante era governar meu principado de uma forma que faria meu pai orgulhoso. Tornar-me invulnerável para ser o melhor líder possível. Para mim, era apenas isso que importava. E tem de entender que tudo que você me disse ao longo do tempo em que estivemos juntos serviu apenas para minar essas certezas. Se os presentes são gestos vazios, se os bens materiais não compensam as relações humanas, se a arrogância e a confiança não valem tanto quanto a emoção, então sou uma pessoa superficial e vazia, sem nenhum laço afetivo. Meu pai nunca disse que me amava, mas eu fui capaz de receber todas aquelas coisas e transformá-las em palavras. Extrair delas sentimentos inexistentes. Você desafiou essa conduta desde o instante em que entrou na minha vida.

Bailey engoliu em seco.

– Tenho certeza que seu pai o amava – disse, embora não estivesse segura do que dizia. Não tinha sequer certeza de que a mãe a amou. Como poderia falar pelo pai de Raphael?

Erguendo-se, ele fez que não com a cabeça.

– Acho que não. Mas, no momento, isso não importa. Isso faz parte da minha triste experiência. Tive de me ajoelhar ali no chão por um tempo e aceitar essa condição. Aceitar o que você fez com minhas convicções. Comigo. Fiquei furioso porque, se suas palavras fossem verdadeiras, então toda a minha vida havia sido ainda mais superficial do que eu jamais imaginei. Se o que você dizia fosse verdade, então eu nunca havia sido amado.

– Você tem o amor de todo um principado.

– Que me reverencia por minha linhagem sanguínea. E talvez ame a ideia que fazem de mim. Mas ninguém que me conheceu, jamais me amou. E, repito, ninguém me disse essas palavras antes de você. Não me dava conta da falta que faziam até você trazê-las para minha vida. Não percebia que nunca as havia dito até que as ouvi de você. E foi um processo conflituoso, porque exigiu algo de mim que eu não desejava dar.

– A que está se referindo? – perguntou Bailey com um fio de voz.

– Humildade. Ajoelhar-me e confessar a você que eu precisava dessas palavras. Que senti falta delas durante toda a minha vida. Que tudo em mim desejava o tipo de ligação afetiva de que sempre fui privado. Que eu precisava de amor, de alguém ligado intimamente a mim. Que ansiava por uma pessoa que conseguisse penetrar aquela arrogância e que pudesse me amar de maneira incondicional. Admitir que...

– Raphael – interrompeu Bailey, fechando a distância entre ambos e o envolvendo nos braços. – Eu o amo. E o mais importante é que eu o escolhi.

O corpo forte pareceu relaxar e um soluço escapou dos lábios de Raphael.

– Eu a amo – declarou Raphael. As palavras soando surpreendentes, incomuns e belas em seus lábios.

Bailey colou-se ao corpo forte com a força de quem nunca iria soltá-lo. Não por temer que Raphael desaparecesse, mas por terem passado muito tempo sem aquele contato.

– Sinto-me tão honrada por ser a primeira pessoa a ouvir estas palavras de você – sussurrou ela.

– E não será a última. Eu as direi para nosso filho. Todos os dias. Não privarei meus filhos de sentimentos importantes. Não agora que me permiti reconhecer o que é de fato importante. O que é perene. Você tem razão. Tudo que sempre valorizei em minha vida foi a vaidade. Tão efêmera diante dos fatos do mundo. Mas o que temos é real. É profundo. É algo de que nunca poderei ser privado. Nunca serei afastado de você. E me sinto tão... grato. Você me deu a única coisa no mundo que eu não poderia comprar. Que jamais poderia obrigar alguém a me dar pelo simples fato de eu possuir um título. E acho que era isso que me deixava aterrorizado. Sabia que era algo que você teria de escolher me ofertar. Algo que nunca poderia conseguir manipulando-a. Por esse motivo, eu me mostrava tão furioso sempre que me pedia para experimentar um sentimento tão autêntico. Para me esforçar além de estalar os dedos e conjurar um gesto vazio. Você me deu algo real e profundo. E eu sabia que para conseguir proporcionar o que você desejava, teria de me permitir um sentimento verdadeiro.

– Sei que dói – disse Bailey, com a voz estrangulada. – Sei disso. Sei o que é permitir que suas esperanças se tornem cada vez mais minguadas a ponto de se conformar com algo que seja capaz de conseguir, que não pareça tão inalcançável.

– Eu não sabia o que era sonhar – retrucou ele, com voz rouca. – Herdei tudo que tenho e sempre me incutiram a ideia de que o mundo era meu. Como poderia discordar?

Bailey sentiu um aperto no peito e ergueu a cabeça para fitar os olhos negros. Conturbados. Feridos. Destituídos de qualquer traço de arrogância. Imaginou se não seria melhor desviar o olhar para... não o deixar constrangido. Para não o ver naquele estado. Visceral e exposto de uma forma que ele nunca estivera.

Agora o via através dos olhos da realidade.

Aquela era a proteção de Raphael. Não apenas contra o mundo, mas contra a certeza que espreitava dentro dele. O medo de que ele, acima de qualquer pessoa, pudesse desejar eternamente algo que não conseguisse ter. De que os direitos que lhe foram conferidos pelo nascimento não lhe garantissem os verdadeiros sentimentos.

– Pensei... – começou ele. – Pensei que eu não soubesse o que era precisar de alguma coisa. Achava que nunca tinha precisado de nada na vida. Mas descobri que sou uma criatura feita de carências. Que passou toda a existência vendo-as aplacadas com uma horda de bens materiais. Com posses e poder, enquanto tentava me convencer de que a deferência e a veneração iriam, de alguma forma, preencher o vazio que habitava meu coração. – Raphael roçou o polegar na lateral do rosto delicado. – Eu não ansiava por nada. Não sonhava. Até conhecer você. – Ele fechou os olhos por um instante e, quando os abriu, um brilho especial os iluminava. – Eu me senti furioso pelo fato de você ser capaz de me mostrar uma faceta de mim que nunca havia percebido.

– Uma garçonete qualquer – disse ela.

– Nunca mais diga isto – retrucou Raphael, com um movimento negativo de cabeça. O tom feroz. – Fez com que um príncipe se curvasse a você... Como pode se definir como uma qualquer?

– Gosto de saber que o seu padrão de grandiosidade tem você como parâmetro.

– Sem dúvida.

A resposta a fez sorrir.

– Fico feliz em ver que sua arrogância não foi destruída, mas apenas reduzida.

– Continuo sendo eu mesmo.

– Sim – concordou Bailey. – O que é ótimo, porque você é o homem que eu amo.

Em seguida, Raphael repetiu o impossível, ajoelhando-se mais uma vez diante dela.

– Quero que seja minha esposa – disse ele.

– Já sou. – Bailey sentiu um nó na garganta. A emoção apertando-lhe o peito e dificultando o simples ato de respirar.

– Mas desta vez não estou ordenando. Estou pedindo. Agora, eu o faço com a compreensão de que não sou um prêmio magnífico. Não por meu título e meu palácio. O prêmio é você. Só você. A mulher que me mudou e modificou todo o meu mundo.

– Depois de destruí-lo – disse ela, com um sutil soluço quebrando as palavras.

– Um dia, aconteceria. Você destampou o vácuo que existia em mim, não o criou. E é a única que poderia preenchê-lo. Você é o meu único e maior sonho.

Uma lágrima escorreu pelo rosto de Bailey, enquanto ela se ajoelhava, posicionando-se diante dele. Em seguida, emoldurou o rosto de Raphael com as mãos. O coração transbordando de felicidade.

– Nunca pensei que uma moça como eu poderia viver um conto de fadas. Mas aqui está você, meu Príncipe Encantando. E sabe o que é mais maravilhoso?

– O quê? – perguntou ele, com uma leve rouquidão na voz.

Bailey pressionou os lábios aos dele, enquanto dava vazão às lágrimas.

– É que vamos viver felizes para sempre.

EPÍLOGO

Santa Firenze exultou no dia em que nasceu o primeiro filho do príncipe e da princesa. Raphael sentia como se estivesse recebendo muito mais crédito pelo fato do que merecia e não hesitou em dizer isso aos súditos.

Se alguém se surpreendeu com o gesto de humildade repentino de seu regente, não comentou.

Afinal, ele ainda era o príncipe Raphael DeSantis.

Quando ele e Bailey voltaram para casa com o filho, Raphael não permitiu que os residentes do palácio se curvassem em reverência a ele. Em vez disso, fizeram uma festa em homenagem ao mais novo DeSantis. Havia bolos de todas as variedades, que Bailey aprovou, efusiva, já que agora confiava plenamente no amor do marido.

Um evento repleto de risos e música. Uma felicidade que talvez não fosse adequada a um homem que um dia seria imortalizado com uma estátua no jardim, mas Raphael não se importava. O amor era mais importante do que a tradição.

Os mais velhos membros de sua equipe de funcionários seguravam o príncipe recém-nascido nos braços e beijavam a testa do menino. Demonstrando uma afeição que o pai de Raphael nunca permitiu que ele recebesse.

Aquela cena o fez ter certeza de que conseguiria fazer o que era certo pelo seu filho. Que talvez fosse capaz de demonstrar seu amor da maneira correta.

Muito tempo depois, quando se encontrava no quarto com Bailey, que segurava o filho no colo e o amamentava, ele se viu invadido por uma emoção tão forte, tão intensa que o fez cair de joelhos para não se projetar para a frente.

E foi assim que o amor fez um príncipe, que foi reverenciado desde o instante que veio ao mundo e durante toda a sua vida, ajoelhar-se diante de uma garçonete.

HARLEQUIN
Paixão
ESPECIAL

PRÓXIMO LANÇAMENTO

ACORDO IMPULSIVO

Maya Blake

– Ele me agarrou. Disse que não me deixaria ir embora antes que eu lhe desse o que ele queria.

Alejandro levantou bruscamente.

– *Madre de Dios!* – Ele começou a andar pela sala, passou a mão sobre a cabeça e, de repente, parou.

– Ele...?

– Eu... Não foi tão longe.

– Você deu parte à polícia?

Ela se sentiu invadir pela mágoa.

– Dei, mas ele não foi indiciado.

– Por que não?

– O nightclub tinha câmeras de vigilância, e ele soube se posicionar para parecer inocente. O lugar em que eu precisei me defender estava fora do alcance das câmeras. Além disso...

– O quê?

– Ele *insinuou* aos meus pais que seria do interesse da Jameson que eles me convencessem a retirar a acusação.

– E eles a convenceram?

– Não precisaram. O caso se desmanchou sozinho.

– *Dios mio* – murmurou Alejandro, furioso.

Elise não percebera que as lágrimas escorriam por seu rosto, até que ele sentou-se ao lado dela e enxugou-as com o dedo.

– Você é forte e inteligente. *Não* vai deixar que isso lhe cause problemas.

Ela fungou.

– Não somos todos problemáticos?

Alejandro se tornou solene.

– *Sí*, somos. Mas você não deve se fixar nisso. Não deve pensar no canalha e, muito menos, deixar que ele a faça chorar.

– Eu lhe disse que não queria falar nesse assunto.

– *Lo siento*, mas você me confunde, Elise. Não consegui me conter.

Ela não respondeu porque a fisionomia dele estava mudando, a raiva estava se transformando em algo igualmente poderoso.

Algo que a fez respirar mais rapidamente e perder o fôlego.

– Elise – disse ele, segurando-a pela nuca.

Ela olhou para ele e entreabriu os lábios num gemido. Uma promessa sensual se espalhou pelo ar. Ele iria beijá-la. Ela não iria impedi-lo porque.... porque...

A razão se dissolveu no instante em que os lábios dele tocaram os seus. Firmes, provocantes. O contato passou de exploratório a exigente. Alejandro gemeu, segurou-a pela cintura e puxou-a, quando ela inclinou a cabeça para trás e cedeu.

Elise se contorceu e se deixou absorver pela magia do beijo de Alejandro. Achegou-se mais a ele e gemeu ao senti-lo pressionar a língua com uma avidez que dirigia toda a excitação para o meio de suas coxas. Ansiando desesperadamente por um prazer inatingível, ela enfiou as mãos por baixo do paletó de Alejandro e explorou sua carne quente através da camisa. E fez isso até que a necessidade de respirar os forçou a se separarem.

Alejandro olhou para ela com olhos enevoados.

– *Dios*, o seu gosto é incrível.

Ela corou, e ele riu baixinho, passando o dedo em seu rosto.

– E você cora como uma virgem. Uma inocente potencialmente mortal.

Antes que ela pudesse responder, ele voltou a beijá-la, empurrando-a sobre o sofá. Ela se entregou, substituindo lembranças indesejadas por *aquela*. Beijar Alejandro não lhe trazia sofrimento.

Tocá-lo a enchia de excitação. De alegria.

Ela o segurou pelos ombros, tocou-lhe os cabelos e soltou um gritinho ao sentir a mão dele sobre o seio. Em algum momento, seu vestido escorregara. Ele parou de beijá-la, e ela ficou fascinada ao vê-lo afastar lentamente o bojo de renda do seu sutiã sem alça e desnudar seu mamilo cor-de-rosa.

Quando ele o tocou, Elisa prendeu a respiração e sentiu o calor se concentrar no meio das coxas. Alejandro abaixou a cabeça, olhou para ela e cobriu seu mamilo com a boca.

As sensações explodiram dentro dela, levando-a a arquear o corpo, enquanto ele gemia, lhe sugava o mamilo e subia a mão por sua coxa.

A excitação latejava dentro dela, provocando-lhe um desejo louco e, em alguns segundos, ela sentiu que ele enfiava os dedos por baixo da sua calcinha e acariciava sua pele úmida.

Elise soltou um grito, num frenesi que nunca sentira.

– *Dios mio*, bela dama, você me deixa enlouquecido.

Lançamentos do mês:

PAIXÃO 482 – ATRAÇÃO INESPERADA – ANNE MATHER

Abby daria qualquer coisa para se tornar amante de Luke Morelli, mas sabia que o romance era proibido. Afinal, ela era casada. Cinco anos depois, Luke está de volta, determinado a fazê-la pagar por suas mentiras e traições!

PAIXÃO ARDENTE 14 – UNIÃO AVASSALADORA – AMANDA CINELLI
Minissérie – *Herdeiros Secretos 2/5*

Perto de fechar um acordo importante, Rigo Marchesi é surpreendido por uma notícia bombástica: a noite que tivera com a atriz Nicole Duvalle resultara em uma gravidez inesperada. Agora, a única saída de Rigo é pedi-la em casamento!

PAIXÃO GLAMOUR 14 – NÚPCIAS DE VINGANÇA – SARA CRAVEN

Helen jurou fazer o que fosse preciso para manter a propriedade da família. Porém, não imaginava que precisaria ir tão longe. Para salvar sua herança, ela terá de se casar com o arrogante – e muito sensual – Marc Delaroche.

PAIXÃO ESPECIAL 005 – IRMÃOS E RIVAIS – MAYA BLAKE

Acordo impulsivo

Quando a atração que sente por sua nova funcionária se torna incontrolável, Alejandro Aguilar decide demiti-la! Afinal, é incapaz de confiar em alguém. Contudo, logo percebe que Elise Jameson é a mulher com a qual sempre sonhou. Mas será que ele está disposto a se entregar por completo?

Uma noite de prazer

Gael Aguilar tinha duas regras para relacionamentos: um limite de seis semanas, e não há segundas chances. Mas a aspirante a atriz Goldie Beckett acabou quebrando ambas. Afinal, noite que tiveram foi inesquecível... e resultou em consequências mais do que surpreendentes!

Próximos lançamentos:

PAIXÃO 483 – DOCE TRAIÇÃO – MAYA BLAKE

A tímida Carla Nardozzi entregou sua inocência para Javier Santino em uma noite de total rendição. Na manhã seguinte, ela fugiu, sem saber que essa rejeição marcara Javier profundamente.

PAIXÃO ARDENTE 15 – SEGREDO PRECIOSO – KATE HEWITT

Minissérie – *Herdeiros Secretos 3/5*

Alekos Demetriou proporcionou a Iolanthe sua primeira e única noite de prazer. Porém, ao descobrir que ela era filha de seu inimigo, Alekos a rejeitou… antes que Iolanthe pudesse contar que estava grávida!

PAIXÃO GLAMOUR 15 – DESCOBRINDO A PAIXÃO – MICHELLE CELMER

Nick ficou hipnotizado por sua assistente. E o que ele mais deseja é possuí-la outra vez. Porém, Nick teme estragar o único relacionamento que significa algo em sua vida Até Zoe revelar um surpreendente segredo!

PAIXÃO AUDÁCIA 15 – FONTE DE AMOR – MAISEY YATES

Minissérie – Amores Inesperados 3/3

Após um divórcio difícil, ter um filho com a mulher contratada para ser barriga de aluguel de sua ex é um escândalo que o bilionário Renzo Valenti não pode permitir. E sua única escolha é convencer a irresistível Ester a ser sua esposa!